LE MASQUE
Collection de romans d'aventures
créée par
ALBERT PIGASSE

UNE CHAUMIÈRE ET UN MEURTRE

Fred Kassak est le pseudonyme de Pierre Humblot, né en 1928. Il s'impose très rapidement à la fin des années 50 avec une série de romans à l'humour noir très particulier qui en font l'un des grands auteurs français (*Plus amer que la mort, Nocturne pour assassin, On n'enterre pas le dimanche, Carambolages*). Scénariste du premier épisode des « Cinq Dernières Minutes » en 1958, il se consacrera ensuite essentiellement au cinéma et à la télévision. Aujourd'hui méconnu, Fred Kassak est sans conteste un Maître du roman policier.

DU MÊME AUTEUR

DANS LE MASQUE :

ON N'ENTERRE PAS LE DIMANCHE
(Grand Prix de Littérature policière, 1958)
NOCTURNE POUR ASSASSIN
(Prix Mystère de la Critique, 1972)

Fred Kassak

UNE CHAUMIÈRE ET UN MEURTRE

Librairie des Champs-Élysées

AVERTISSEMENT

L'Auteur se permet d'attirer l'attention du Lecteur sur le fait que cette histoire est racontée alternativement par deux personnages : Lionel Fribourg et Agnès Devillard.

Lorsqu'il s'agira du récit de Lionel Fribourg, nous inscrirons en tête du chapitre et en italique : Lionel Fribourg. *Lorsqu'il s'agira du récit d'Agnès Devillard, nous inscrirons :* Agnès Devillard.

Il serait en effet fâcheux – comme cela s'est hélas produit plusieurs fois pour des romans composés de cette manière – que le Lecteur crût toute l'histoire racontée par la même personne, ou confondît l'homme et la femme, ou s'imaginât qu'il s'agit de petits contes séparés.

Nous ne soupçonnons pas l'intelligence du Lecteur qui est haute et vaste. Mais il arrive que le Lecteur s'adonne à sa lecture en écoutant à la radio les résultats de la Coupe de France, en regardant la télévision, en faisant des mots croisés, en parsemant la conversation ambiante d'aperçus ingénieux sur la politique, et le tout en songeant au déjeuner du lendemain.

Cela témoigne d'une remarquable agilité mentale. Pourtant, la pensée la plus perfectionnée connaissant des défaillances, il est inévitable qu'au bout de quelques pages, le Lecteur se mette à mélanger les noms des personnages, puis ne sache plus clairement distinguer qui parle, à qui il parle ni de quoi il parle. En conséquence, nous avons eu à cœur de lui faciliter la tâche, et nous espérons avoir réussi à bannir toute confusion de son esprit, sur ce sujet du moins.

Il ne faudra pas s'étonner du contraste de ton existant entre le récit de Lionel Fribourg et celui d'Agnès Devillard. A lui seul, ce contraste suffirait à prouver que cette histoire est de pure imagination et que toute ressemblance entre ces personnages et des personnes vivantes ou disparues ne serait que le fait d'une regrettable coïncidence.

En effet, tout Lecteur de bonne foi devra reconnaître que – même en cherchant bien – on ne pourrait rencontrer un homme d'une pédanterie aussi sarcastique que Lionel Fribourg, ni une femme d'une simplicité aussi naïve qu'Agnès Devillard.

Cela n'existe pas.

F. K.

1

Lionel Fribourg

Dans la seconde moitié du XIXe siècle, un professeur italien de médecine légale, Cesare Lombroso, crut avoir trouvé dans le criminel une variété particulière de l' « Homo Sapiens », caractérisée par des signes somatiques et psychiques. Cette doctrine n'a pas résisté aux vérifications d'autres chercheurs. Le « criminel-né », en tant que variante humaine, n'existe pas. Les circonstances et les exécutants des crimes sont au contraire aussi variés que multiples. Pourtant l'expérience montre que malgré cette multiplicité, des formes de manifestations *typiques* des actes criminels se retrouvent sans cesse.

Les principaux types criminologiques sont au nombre de huit qu'il serait fastidieux d'énumérer ici. En dehors de ces huit types, on rencontre des types mixtes, composés de plusieurs types principaux, et enfin, mais en nombre très réduit, des cas isolés ne relevant d'aucun des types principaux.

J'ai puisé ces renseignements dans l'excellent traité de criminologie du Pr Seelig, de l'Université de la Sarre. Jamais, auparavant, l'idée ne me serait venue de consulter un traité de criminologie, mais depuis que je suis devenu moi-même criminel, il m'a paru intéressant de déterminer le type de criminel auquel j'appartiens.

Naturellement, la tentation est grande de céder à

l'amour-propre et de se classer étourdiment dans les « cas isolés ne relevant d'aucun des types principaux ». Mais la discipline scientifique m'a accoutumé de soumettre les documents et les faits à un examen objectif. De cet examen, il ressort que j'appartiendrais plutôt à un type mixte, issu de la combinaison du type 5 et du type 7 : un criminel par idéologie agissant sous l'empire d'une crise.

« Tout cas individuel présente un intérêt de principe », déclare encore le Pr Seelig dans son excellent traité. C'est pourquoi j'ai pris la liberté d'exposer le mien. Non pour en tirer gloire et profit, puisque le présent récit ne paraîtra qu'après ma mort, mais pour servir la science.

Trois hommes portent une lourde responsabilité dans la suite des événements. Aménophis IV (1370-1350 av. J.-C.), pharaon de la XVIIIe dynastie, plus connu du grand public sous le nom d'Akhenaton; Gamal Abdel Nasser, colonel égyptien né en 1918, et Mimile, plombier-zingueur rue des Bourdonnais, en 1959.

Lorsque je fis pour la première fois connaissance d'Akhenaton, en 1930, le petit Nasser portait encore des culottes courtes et je soupçonne Mimile de n'être même pas né.

En 1930, j'avais, moi, vingt-deux ans, et j'aidais mon père dans la marche de ses affaires. Mes parents – tous deux Français – étaient négociants au Caire depuis 1905 et ne nourrissaient d'autre ambition que me voir leur succéder dans leur commerce. Mais je n'y montrais que des dispositions médiocres et m'ennuyais énormément. Pour me révéler à ma véritable vocation, la Providence emprunta l'apparence d'une archéologue anglaise encore très bien, qui savait prendre les jeunes gens par leurs bons côtés et aimait ensuite leur parler des fouilles auxquelles elle participait dans la Vallée des Rois. Ma passion passa pour l'archéologue, mais demeura pour l'archéologie.

J'approfondis l'antiquité égyptienne et m'intéressai surtout à la réforme religieuse d'Akhenaton. Je fus ainsi amené à étudier le déchiffrement des papyrus et y montrai beaucoup plus de dispositions que pour les affaires.

Peu après la mort de mes parents, je contractai un mariage et le paludisme. L'un et l'autre altérèrent un peu la sérénité de mon humeur. Le paludisme me donnait trop d'accès de fièvre et ma femme pas assez. Elle ne pensait qu'à dormir et présenta bientôt une ressemblance troublante avec un pharaon dans son état momifié actuel. En outre, elle montra toujours la plus étrange indifférence vis-à-vis de la révolution religieuse d'Akhenaton. Au fil des ans, elle devint d'ailleurs indifférente à quoi que ce soit, sauf au sommeil. Elle dormait partout et n'importe quand. Il lui arriva de s'endormir malgré mes plus tendres sollicitations. Et même pendant. Ce qui explique sans doute que notre fille Marie-José naquit seulement au bout de cinq ans de mariage, en 1942.

Peu après, je fus appelé à me battre en Tripolitaine contre la vieille Underwood d'un état-major franco-britannique. On avait jugé à propos, en ma qualité de déchiffreur d'hiéroglyphes, de m'affecter au décryptage des messages secrets ennemis, activité qui n'est certainement pas dépourvue d'intérêt lorsqu'on met de temps en temps sous vos yeux un message secret ennemi à décrypter. Cette éventualité ne se présenta pas pendant mon séjour à l'armée.

Rendu à la vie civile, j'abandonnai définitivement le négoce paternel afin de me consacrer à l'égyptologie. Grâce à mes connaissances, je pus me faire engager, à titre contractuel, par le Service des Antiquités du Gouvernement égyptien. Finalement, je devins adjoint en chef de la section des fouilles de la Vallée des Rois et je connus une période très heureuse.

Je recevais un traitement substantiel en livres égyptiennes (et la livre égyptienne faisait à ce moment prime sur la livre anglaise), ce qui nous permettait de mener, ma femme, ma fille et moi, un assez large train de vie. Nous occupions à Gizèh, sur les bords du Nil, un confortable bungalow d'où je pouvais jouir d'une vue magnifique sur les nécropoles des IVe et V^e^ dynasties.

Puis les événements se précipitèrent : en 1952, la direction de l'Egypte passa brutalement du roi Farouk au général Néguib; en 1954, le pouvoir passa brusquement du général Néguib au colonel Nasser; en 1955, ma femme passa insensiblement du sommeil temporel au sommeil éternel.

Le 26 juillet 1956, et pour des raisons qu'il ne m'appartient pas d'apprécier, le colonel Nasser décida de nationaliser le canal de Suez. Le 2 août, le gouvernement français conseillait à ses ressortissants de quitter l'Egypte. Pour ma part, je n'en fis rien.

Je me trouvais en pleins travaux sur la révolution religieuse d'Akhenaton, et les faits et gestes du pharaon m'importaient davantage que ceux du colonel : rejeter le culte des huit dieux primordiaux d'Hermapolis, créer, dans une capitale nouvelle, une religion nouvelle de caractère monothéiste, provoquer enfin le grand schisme amarnien, était quand même d'une bien autre portée que nationaliser un canal ne présentant aucune espèce de valeur archéologique.

Le colonel, lui, se souvenant peut-être que j'avais été mobilisé dans les services secrets, estima mes faits et gestes dangereux pour son Gouvernement. Peu avant l'affaire de Port-Saïd, il me licencia avec nombre de mes collègues français. On me versa deux ans de salaire à titre d'indemnité, on me confisqua mon bungalow de Gizèh, puis on m'expulsa du pays.

Mon univers s'effondrait.

Je débarquai à Paris avec ma fille, mes cantines et plusieurs caisses.

Naturellement, je me mis aussitôt en quête d'un reclassement. Seulement, je n'avais été engagé au Caire qu'à titre contractuel, grâce à des dons et des connaissances assez exceptionnels, mais qu'aucun diplôme n'avait sanctionnés. La plupart de mes collègues français, expulsés en ma compagnie, purent, en tant que fonctionnaires, se faire reclasser. Ce ne fut pas mon cas.

Le Service des Antiquités fit de son mieux, je dois le reconnaître, pour utiliser mes compétences. Il me demanda des notices, études et opuscules destinés au Musée et recommanda ma collaboration à des revues.

Ce travail « à la pige » – ô, la délicate expression – était loin de me valoir, tant sur le plan moral que sur le plan matériel, une situation comparable à celle que j'avais connue.

Surtout, j'étais mal logé. L'esprit pratique n'avait jamais été mon fort, et l'esprit pratique était assez nécessaire, dans le Paris de 1956-57 pour se procurer un logis décent.

Nous occupions, Marie-José et moi, deux chambres rabougries et un renfoncement dit « cuisine », dans le XVIIIe. J'y travaillais mal, m'y trouvant trop à l'étroit. J'avais ramené d'Egypte des photographies de papyrus et d'inscriptions, d'innombrables dossiers bourrés de notes et de documents, fruits de vingt ans de travaux. Faute de place, ils dormaient entassés dans mes caisses, et je vivais dans la terreur qu'un jour ou l'autre, ils ne nourrissent mieux les souris que moi-même.

En quatre ans (de 1956 à 1960), ma situation matérielle et morale ne cessa de se détériorer. L'indemnité du gouvernement égyptien avait presque entièrement fondu sous les ponctions conjuguées d'un loyer démentiel et des frais d'éducation de Marie-José.

Hanté par le regret de la vie paisible et laborieuse du passé, j'envisageais l'avenir avec angoisse. On n'est pas vieux à cinquante ans, mais on sait que le temps passe vite.

Les optimistes répètent volontiers que la nuit n'est jamais si sombre qu'à l'approche de l'aurore. Cette gracieuse métaphore tendrait à persuader les désespérés qu'une chance apparaît souvent quand tout va au plus mal. Ce n'est pas faux, mais il convient de se méfier : les dernières chances peuvent être à double fond. Le destin est farceur et la planche de salut qu'il tend au naufragé est souvent pourrie.

En ce qui me concerne, le destin se mit en frais et me présenta trois chances.

La première fut une chance véritable. On comprendra ce que j'entends par là, lorsqu'on saura qu'elle avait l'œil myope et la chevelure argentée du Pr Christophe Sunicoz, sommité de l'archéologie orientale et titulaire d'une chaire au Collège de France. Certains de mes modestes travaux lui étaient tombés sous les yeux et il avait bien voulu en apprécier l'exceptionnelle qualité. Aux premiers jours de septembre 1960, il m'invita à venir le trouver : son assistant devait le quitter à la fin de l'année suivante pour une mission en Iran. Le professeur envisageait dès maintenant de me proposer pour ce poste.

Cette offre inespérée pouvait non seulement me procurer pour le proche avenir une situation honorable, mais elle m'ouvrait aussi dans un futur plus lointain des perspectives éblouissantes : le Collège de France recrute sans aucune condition de grade et rien ne m'interdisait d'espérer qu'un jour, en tant qu'éminent collaborateur du Pr Sunicoz et vu mes titres!...

Mais pour le présent, je ne possédais même pas encore les titres pouvant permettre au professeur d'appuyer auprès de l'Education Nationale ma candidature au poste d'assistant. Les postulants ne manquaient pas. Il fallait convaincre la commission compétente de ma supériorité. Mes études, notices et opuscules constituaient un trop mince bagage pour témoigner irrésistiblement en ma faveur.

Le professeur m'invita donc à composer un ouvrage qui fît impression, tant par son volume que par son contenu. Les nombreux documents et notes que j'avais recueillis concernant la réforme religieuse en Egypte sous le règne d'Akhenaton et les lumières toutes nouvelles que j'étais susceptible de jeter sur un problème aussi brûlant, m'indiquaient tout naturellement l'objet de mon ouvrage. Celui-ci devait être publié au plus tard en juin 1961, de manière que le professeur pût en faire état au moment des mouvements de personnel relatifs à l'année universitaire 1961-62.

Je remerciai le professeur avec la chaleur que l'on devine, mais non sans une secrète inquiétude : rédiger quelques courts articles était une chose, composer tout un ouvrage en était une autre. J'ignorais si j'allais avoir la capacité, le souffle nécessaires.

Le plus urgent était de mettre en ordre mes innombrables et épais dossiers et par conséquent de disposer d'une place suffisante pour les installer. C'est à ce moment que s'offrit une deuxième chance qui, celle-là, était du style « double fond ».

L'occasion se présenta d'un trois-pièces-cuisine-salle de bains, dans le Ier arrondissement. Marie-José, fanatique de la baignoire et envisageant avec faveur une chambre digne de ce nom où elle pourrait recevoir ses amies, me pressa d'accepter. L'appartement, outre ses pièces plus spacieuses, avait sur celui que j'occupais l'avantage d'être situé non loin des deux monuments parisiens intéressants, le Louvre et sa salle des Antiquités égyptiennes, et l'obélisque de Louksor. Je sautai donc sur l'occasion après avoir visité l'appartement un dimanche après-midi, et déménageai.

Aussitôt, je me trouvai plongé dans l'enfer et le tumulte! Ma vie devint le rêve d'un dieu fou ou, si l'on préfère, une histoire pleine de bruit et de fureur racontée par un idiot.

Les deux seuls qui ne se fussent montrés ni fous ni idiots en la circonstance étaient le précédent locataire qui avait pu s'enfuir, et le présent propriétaire qui faisait visiter le dimanche.

Car, en semaine, le sabbat se déchaînait. Dans la cour était installé un minuscule atelier de plomberie-zinguerie, quasiment invisible mais parfaitement audible. Il en parvenait des jappements de scies à métaux, des piaulements de meules à repasser, des couinements de lampes à souder, des détonations de ciseaux à froid et des rafales de coups de marteau. Ces coups de marteau méritent une mention particulière : ils retentissaient de 9 heures à midi et de 14 heures à 18 heures sans désemparer, tous les jours sauf le dimanche. L'ouvrier-marteleur n'appartenait apparemment à aucun syndicat et ne participait à aucun mouvement de grève. Il martelait avec dignité et autant de vigueur que s'il avait été payé au décibel. Il faut reconnaître, à la décharge du marteleur que si, par aventure, il se rendait au débit de boisson voisin afin de lutter avec quelques amis contre la mévente des spiritueux, la voix sonore de son patron le rappelait aussitôt à sa tâche sacrée : « MIMILE!!!... » Ce à quoi je dois d'ailleurs la consolation de connaître ce nom, de pouvoir le maudire, et vouer Mimile et son épouse à l'impuissance et la stérilité jusqu'à la septième génération.

Personne ne peut se faire une idée de l'horrifiant, du destructeur vacarme produit par ces coups de marteau incessants. Surtout lorsqu'ils frappaient des plaques de tôle ou, mieux encore, des tuyaux. Voilà du raffinement, mesdames et messieurs, car le tuyau *résonne*! Et lorsque la plomberie-zinguerie est installée dans une cour, un phénomène naturel appelé « écho » en multiplie la résonance!

Si j'ajoute à cela le vrombissement clapoteux d'une conduite d'eau qui secouait l'immeuble du haut en bas lorsqu'on s'y attendait le moins et l'organe particulièrement strident d'une marchande des quatre-saisons qui jetait son cri tous les matins à intervalles réguliers « Mes belles carottes ménagères, mesdames, mes belles carottes ménagères », je n'aurai encore donné qu'un faible aperçu du tapage diurne.

Parce qu'il y avait aussi un tapage nocturne provoqué par les allées et venues des diables, camionnettes, et poids-lourds se rendant aux Halles toutes proches, ou en revenant.

Je ne mentionnerai que pour mémoire les odeurs : chez moi se rabattait d'une cheminée voisine la fumée d'un chauffage à mazout, dont l'âcreté naturelle s'enrichissait, en passant par la cour, de relents de choux et de friture. Si je mettais le nez dehors, le matin, pour me dégourdir les jambes, mes narines s'emplissaient aussitôt de relents fétides de fromages et fruits pourris qui n'avaient pu supporter le transport aux Halles et qu'on avait jetés pendant la nuit.

On me pardonnera de m'être étendu si longuement sur des détails aussi peu ragoûtants. Mais je désirais faire comprendre qu'il ne suffit pas de l'écroulement de son univers pour pousser un homme à bout : il faut encore que son univers croule dans un tintamarre pestilentiel.

J'essayai naturellement de déménager, mais je n'avais guère les moyens de trouver mieux. Quant à un échange, mon successeur éventuel n'avait point ma naïveté : il visitait en semaine et disparaissait aussitôt, la tête en feu et l'odorat outragé.

Je fis alors installer à grands frais des joints

métalliques et des doubles vitres. Cela neutralisa un peu la marchande des quatre-saisons mais se révéla inopérant contre les coups de marteau.

Je gavai mes tuyaux auditifs de boules de cire composées (selon la notice explicative), d'« hydrocarbures saturés et grâce auxquelles les ouvriers métallurgistes, les intellectuels et les artilleurs pouvaient travailler dans le silence »... Mais les rafales de coups de marteau perforèrent les hydrocarbures saturés comme les doubles vitres et continuèrent à m'exploser dans le cerveau en déflagrations pourpres.

Je tentai de travailler ailleurs, mais j'avais sans cesse besoin de me référer à mes documents dont j'avais pu au moins classer une partie, le reste demeurant toujours entassé dans mes bagages.

Pour ceux qui me citeraient l'exemple de certains écrivains contemporains ayant rédigé leurs œuvres les plus absconses dans des estaminets, je répondrai que le déchiffrement de l'écriture hiéroglyphique est un travail minutieux, aussi pénible physiquement qu'intellectuellement, exigeant une contention intense et une solitude absolue. Les plus sceptiques pâliront lorsque j'aurai précisé que certains de mes documents étaient composés en écriture éthiopienne cursive. J'espère ne rien apprendre à personne en ajoutant que c'est là une des écritures les plus difficiles à déchiffrer.

Je ne pouvais travailler que *chez moi*, assis à *ma* table, entouré de *mes* affaires. A mon âge, on n'est pas sans avoir acquis certaines habitudes! Et j'étais habitué à la solitude du travail dans le désert!

Parfois, je me prenais à rêver : je descendais dans la cour, armé d'une mitraillette, massacrais sur place le patron de la plomberie-zinguerie puis allais exécuter « MIMILE! » dans son débit de boisson, non sans avoir en passant supplicié à mort la marchande des quatre-saisons au moyen de ses carottes ménagères.

Mais on ne peut rêver toujours. Il fallait composer mon ouvrage tout en continuant de gagner mon pain quotidien et celui de ma fille.

Marie-José ne tenait pas de sa mère. Je me suis souvent demandé comment une femme aussi plate avait pu donner naissance à une fille aux galbes si provocants; comment une femme qui dormait tout le temps avait pu mettre au monde une fille qui n'avait jamais sommeil.

En Egypte, peut-être sous l'influence du climat, Marie-José n'avait jamais laissé soupçonner une telle turbulence. A Paris, elle se déchaîna. Je crois avoir conservé l'esprit large et une grande jeunesse de caractère. Je comprends fort bien qu'une étudiante de dix-huit ans éprouve parfois le besoin de se détendre en compagnie de jeunes gens de son âge. J'aurais pourtant préféré qu'en l'espèce, les jeunes gens ne fissent pas alterner les virées nocturnes à Saint-Germain-des-Prés avec les « surboums » chez moi jusqu'à 5 heures du matin. A ma connaissance, leurs réunions ne présentaient aucun caractère orgiaque et ils ne s'y livraient qu'à une phénoménale consommation de disques : piano désaccordé et chanteurs à voix rauque. Je conserve le souvenir particulièrement vif d'un petit braillard italien du nom de Polenta (1) dont les hurlements m'offensèrent l'oreille pendant un mois. Ces jeunes gens se montraient d'ailleurs d'un éclectisme étonnant et je ne pus m'empêcher d'être un peu ému en les entendant danser toute une nuit les charlestons de ma jeunesse. Les locataires des étages inférieurs s'en émurent auprès de ma concierge, qui me pria de ne pas laisser troubler le *silence-de-l'immeuble,* expres-

(1) Il s'agit plus vraisemblablement du chanteur américain Paul Anka. (*Note de l'Editeur*).

sion dont l'humour noir m'aurait fait mourir de rire si j'avais eu la force de mourir de quoi que ce soit d'autre que d'épuisement.

Pour en terminer avec la mentalité de ma fille, je préciserai simplement qu'elle avait surnommé le pharaon, objet de mes travaux : « Toutou-Konkon ».

Je croyais vivre au cœur d'un tourbillon, dans un enfer de bruits discordants et d'odeurs nauséabondes. Il y avait dans ce mélange de coups de marteau et d'agitation de quoi ébranler les nerfs du plus lymphatique. De quoi entraîner l'être le plus inoffensif aux pires extrémités. C'était un pousse-au-crime et un appel au meurtre!

La vie humaine est sacrée, dit-on. On me permettra de sourire et de prendre un exemple : un crétin vivant n'intéresse personne; mais que ce même crétin se fasse assassiner, il intéressera aussitôt la police, la presse et le public. J'en sais quelque chose. Conclusion : la vie ne devient sacrée que lorsqu'elle n'est plus. Les vivants, eux, peuvent devenir à moitié fous de bruit, personne n'y voit d'inconvénients. Seuls les morts ont droit aux minutes de silence.

Le silence était devenu mon idée fixe. Travailler dans le SILENCE! Dans la PAIX! J'en vins même à aspirer au travail tout court : je m'aperçus peu à peu avec effroi que je ne POUVAIS PLUS travailler! J'avais de plus en plus de difficultés à rédiger le moindre article. Mon cerveau se bloquait, le temps passait, les fonds s'épuisaient et j'étais incapable de mettre mon ouvrage en route. S'ajouta donc à tout le reste l'angoisse de décevoir le Pr Sunicoz et d'être un homme fini.

Je me querellais à tout propos avec Marie-José. Je n'éprouvais plus que haine et dégoût pour ma chambre, ma cour, ma rue, ma vie et le monde entier. Je me dérobais sous moi. Tout s'effondrait dans le tumulte dont ma tête était pleine...

Alors se présenta ma troisième et dernière chance.

Je laisse à mon lecteur posthume et perspicace le soin de déterminer à quel type elle appartenait.

Cette dernière chance-là avait les yeux d'un bleu tendre et les cheveux noirs bouclés coupés « à l'aiglon ». Elle rayonnait de douceur. De calme. De PAIX...

Je la rencontrai dans des circonstances assez romanesques. Elle s'appelait Agnès.

2

Agnès Devillard

M. Lionel (je devrais bien l'appeler Lionel tout court, mais je ne peux pas; tant pis, ça viendra peu à peu), M. Lionel, donc, j'ai fait sa connaissance d'une manière un peu ridicule.

Je lui ai évité de se faire écraser. C'est comique, parce que j'avais connu « Ma Laideur », mon second chat, exactement de la même façon : il allait passer sous une voiture quand je l'ai attrapé par la queue. M. Lionel, je lui ai saisi le bras, juste à temps aussi.

C'était un samedi de novembre en fin d'après-midi. Je revenais de faire des achats au Louvre et je retournais à la gare d'Orsay pour prendre mon train de 18 h 43. Il avait plu toute la journée et le pavé était tout glissant. Heureusement, j'avais mis mes bottillons. C'est quand même bizarre, la destinée : chaque fois que je revenais du Louvre, le samedi après-midi, je traversais immédiatement de la rue de Rivoli aux Tuileries. Après, je n'avais plus qu'à continuer tout droit par le pont Royal jusqu'à la gare d'Orsay. Cette fois-ci, je ne sais pas pourquoi, j'ai tourné le coin de la rue de Rivoli, à gauche, et je n'ai pas traversé tout de suite. C'est comme ça que j'ai pu voir ce pauvre M. Lionel qui allait traverser juste comme une voiture arrivait.

Je l'ai attrapé par la manche, il a perdu l'équilibre

et il a glissé. Il m'a d'abord jeté un regard dépourvu d'indemnité, mais quand il a vu la voiture le frôler, il a compris que je lui avais sauvé la vie ou tout au moins un membre. Et pendant que je l'aidais à se relever, je me souviens qu'il m'a dit exactement :

– Soyez remerciée infiniment, mademoiselle.

Ça m'est resté, parce qu'il y avait bien longtemps qu'on ne m'avait appelée « Mademoiselle » et, je ne sais pas pourquoi, j'en ai été très contente, presque reconnaissante. C'est encore la destinée : sans doute que s'il m'avait appelée « Madame », je lui aurais seulement répondu : « Il n'y a pas de quoi », et j'aurais continué mon chemin pour ne pas rater mon train de 18 h 43. Mais là, j'étais contente et puis j'ai eu soudain très envie de parler à quelqu'un qui ne soit pas un chat ou un collègue de travail.

– Ah! ces voitures, ai-je dit, elles vous passeraient bien sur le corps!

– C'est inqualifiable! La circulation à Paris devient impossible!

– Ça oui! Sans compter le bruit et l'odeur! Moi, je crois que je ne pourrais plus m'habituer à habiter Paris, maintenant.

– Vous n'habitez pas Paris? m'a-t-il demandé.

Et voilà. Deux minutes avant, on ne se connaissait pas du tout, et un homme qui m'aurait adressé la parole dans la rue, je l'aurais remis à sa place, et vivement. A présent, il marchait à côté de moi et je ne souhaitais pas du tout qu'il s'en aille. Lui, il avait envie de parler à quelqu'un aussi, je crois. Quand on est seul et qu'on a besoin de quelqu'un, ça se sent. C'est comme un chat : on voit tout de suite s'il est abandonné ou non.

– Non, dis-je. J'habite en banlieue. C'est calme... à côté d'ici. C'est d'un paisible! Et puis, on respire!...

– Vous avez de la chance. Paris devient irrespirable. Notez bien qu'il y a des banlieues qui ne sont pas drôles non plus.

– La mienne est très agréable : Athis-Mons. Vous connaissez?

– De nom. C'est un nom qui n'est pas sans noblesse. Il me fait penser aux *Trois Mousquetaires*.

Je n'ai pas très bien compris, mais c'est ce que j'ai apprécié chez lui tout de suite : il s'exprimait bien et il avait l'air cultivé.

– C'est une banlieue très agréable, dis-je, parce qu'elle est assez loin de Paris et qu'elle n'est pas du tout industrielle. Quand je reviens le soir dans mon pavillon, l'air est tellement bon que je recommencerais une nouvelle journée.

– Vous habitez un pavillon?

– Oui. Presque une petite villa. Entourée d'arbres, sur la hauteur. Avec un grand jardin. On n'entend pas un bruit. Ça sent l'odeur de l'herbe et des feuilles. Vous ne pouvez pas imaginer comme c'est agréable!

– Si, dit-il. J'imagine très bien.

Ma conversation avait l'air de l'intéresser. Ça ne m'étonnait pas parce qu'on m'a souvent répété que, pour une femme, je ne suis pas bête.

– Le seul inconvénient, c'est le voyage. Mais je ne m'ennuie pas. Je tricote. Ou je pense. Quelquefois, je lis un livre historique. Vous aimez les livres historiques?

– Beaucoup.

– Mais en ce moment, je tricote un pull-over pour papa.

Je ne disais pas ça pour me faire valoir : ce n'est pas mon genre. Mais il a paru frappé :

– Un pull-over pour Monsieur votre Père! Comme c'est bien! Je n'aurais jamais cru qu'une fille ait encore de ces attentions pour son père, de nos jours! Je suppose que Monsieur votre Père habite avec vous?

– Oh, non! J'habite toute seule. C'est pourquoi il faut que je me dépêche, d'ailleurs : j'ai encore des commissions à faire. Je voudrais arriver là-bas avant que les commerçants soient fermés. Si je rate mon train de 18 h 43, je suis obligée d'attendre celui de 19 h 14!...

Il a toussoté, il s'est raclé la gorge, enfin, bref, il avait l'air d'hésiter.

– Ecoutez, écoutez, je... Je ne voudrais pas que vous preniez cela en mauvaise part, n'est-ce pas, mais... mais en quelque sorte, vous m'avez sauvé la vie, je ne l'oublie pas, et si je pouvais me permettre de vous exprimer ma reconnaissance en... en vous invitant à dîner...

Décidément, il était distingué, et j'aimais bien son hésitation : elle prouvait qu'il ne pensait pas à je-ne-sais-quoi. Et puis, j'avoue que j'en avais assez de manger à la cantine avec la tête d'une collègue en face de moi, ou toute seule le soir avec « Ma Laideur » sur les genoux. J'avais envie de dîner avec quelqu'un dans un restaurant, pour une fois. Il y avait longtemps que ça ne m'était pas arrivé!

– C'est très gentil à vous, mais qui donnera à manger à mes chats, si je ne suis pas là?

Et aussitôt après, j'aurais voulu me battre, car il n'y a rien de tel que les vieilles filles pour n'avoir que leurs chats à la bouche. C'était d'autant plus bête que je n'étais pas vieille fille.

– Vous aimez les chats? me demanda-t-il.

– Beaucoup. On dit qu'ils sont plus hypocrites que les chiens mais je ne trouve pas. Et vous-même?

– Les anciens Egyptiens le considéraient comme un animal sacré.

– Tiens? Alors, la preuve!

– Vous pourrez prendre un train un peu plus

tard? Vos chats patienteront bien quelques heures de plus... Ils dîneront de meilleur appétit!

(Il était humoristique, quand il voulait.)

– J'ai encore un train à 20 h 10, un autre à 21 h 05 et le dernier à 22 h 44. Celui-là, si je le rate!...

– Vous ne le raterez pas, je vous le promets. Je vous reconduirai à la gare. Allons, laissez-moi vous remercier et venez dîner.

Il m'emmena dans un petit restaurant de la rue de l'Echelle. Il était galant, plein de ces petites attentions que les jeunes gens n'ont pas, bien souvent : il m'aida à enlever mon manteau, il recula la table pour que je puisse m'asseoir sur la banquette, il ne s'assit que lorsque je m'assis. Une femme est sensible à ces choses-là.

Physiquement, il n'était pas mal. Il avait les traits fins, un front assez dégarni, des tempes grisonnantes, des lunettes sans montures et un teint hâlé. Il avait l'air très intelligent. J'aimais moins ses yeux : ils étaient un peu bilieux. Je lui donnais bien dans les quarante-cinq à cinquante ans et je pensais que pour un peu il aurait pu être mon père. Mais après tout, non : ça ne lui faisait jamais qu'une quinzaine d'années de plus que moi. J'ai eu un petit choc : on se croit jeune, à trente-trois ans, mais quand on pense que dans quinze petites années seulement on en aura près de cinquante! Et quinze ans, ça file vite! Je me mis à penser que, justement, il y avait quinze ans que j'avais rencontré Jacques! J'eus un petit frisson : je me voyais vieillir à vue d'œil!

– A quoi pensez-vous? demanda-t-il.

J'en fus toute contente. Les chats, c'est une compagnie, mais ça ne vous demande jamais à quoi on pense. C'est lorsque quelqu'un se met à s'occuper de vous qu'on se rend compte à quel point on était seule.

– Je pense à vous. Je ne sais pas qui vous êtes,

vous ne me connaissez pas et j'accepte de me faire inviter à dîner. Vous devez me trouver sans-gêne!

– Non, pas du tout. Non, non vraiment! Je... au contraire, je trouve...

Je crois qu'il aurait bien voulu me tourner un compliment, mais il s'empêtrait. Il se leva à demi :

– Mais je ne me suis même pas présenté. C'est vous qui devez me trouver très incorrect. Lionel Fribourg. Egyptologue.

Je me levai à demi aussi :

– Agnès Devillard, photographe.

– Vous avez un joli nom. La pureté alliée à la vaillance!...

– Ah, oui? Pourquoi donc?

– Eh bien, De Villars, c'était un maréchal de France, sous Louis XIV et Agnès...

– Et Agnès?...

– Allons, vous savez bien, Agnès : « Le petit chat est mort! »...

– Un petit chat est mort? Où ça?

Mais il paraît que finalement aucun chat n'était mort et qu'il avait dit cela simplement pour plaisanter. Mais je n'aime pas plaisanter à propos de chats : ça porte malheur et je mis les choses au point :

– Devillard, ce n'est pas mon nom. C'est le nom de mon mari. Mon nom à moi, c'est Gaëlen.

– Vous êtes mariée?

Il avait l'air sincèrement contrarié. Voilà ce que c'est que de plaisanter à propos de chats.

– Je l'ai été.

– Veuve?

– Divorcée. Mon mari m'a quittée après un an de mariage. Et puis, il a demandé le divorce. Moi, je ne voulais pas. Je suis catholique. Mais un jour, on m'a écrit qu'il avait réussi à obtenir le divorce tout seul, de son côté! C'est ça, la justice! Oh, d'ailleurs, Jacques ne valait pas cher (mon mari s'appelait

Jacques). Papa m'avait prévenue. Si j'avais écouté papa!...

– Les filles devraient toujours écouter leur père, dit-il.

En réponse à mes confidences, il m'apprit qu'il était veuf et père d'une petite fille pas commode à élever.

Il avait été longtemps archéologue en Egypte, d'où son teint hâlé. Indigné par la conduite des gros bonnets, là-bas, il leur avait envoyé sa démission à la figure. Les gros bonnets l'avaient supplié de rester en lui proposant même des indemnités pharamineuses pour qu'il continue à leur apprendre l'archéologie et à leur déterrer des richesses, mais il était parti pour Paris où on le réclamait à cor et à cri. Pour le moment, un professeur de collège en France le suppliait de devenir son assistant et d'écrire un ouvrage important sur les pharaons de l'ancienne Egypte, Tank et Maton.

Moi, ça m'intéressait parce que c'était historique. Il avait une conversation très instructive. Je n'en perdais pas une parole et cela avait l'air de lui faire plaisir.

– Je ne vous ennuie pas? me demanda-t-il.

– Oh! non, pas du tout! Je ne pensais pas que je rencontrerais un jour un archéologue! Et qui écrit des livres, en plus!

Il me parla encore de son métier pendant toute la fin du dîner. Il connaissait beaucoup de choses, même des détails qu'un homme comme lui aurait pu mépriser. Par exemple, à un moment donné, la conversation tomba je ne sais pas comment, sur les plombiers-zingueurs; eh bien, il connaissait tous les instruments dont on peut se servir dans une plomberie-zinguerie! Un cerveau, quoi.

Puis, tout à coup, il s'interrompit :

– Mais je ne parle que de moi et de Tank et Maton. Parlons un peu de vous. Vous m'avez dit que vous étiez photographe : ce n'est pas un métier si courant, pour une femme. Vous êtes photographe pour un journal?

– Oh, non! Photographe portraitiste.

– Photographe d'art, alors?

– Oui, plutôt. C'est comique, parce que ça rime avec vos pharaons : moi, je travaille chez Photomaton.

Il n'a pas eu l'air de comprendre ce qu'il y avait de comique là-dedans, mais ça ne m'étonne pas : j'ai souvent remarqué que les hommes n'ont pas le sens de l'humour. D'ailleurs, je m'amusais pour deux. J'avais bu un peu trop de vin rosé, je n'en avais plus l'habitude et j'étais un peu pompette.

Finalement, M. Lionel tint parole et il me raccompagna en taxi jusqu'à la gare d'Orsay, juste à temps pour mon train de 22 h 44.

J'avais passé avec lui une soirée agréable et j'étais confuse à cause du taxi et du dîner. Je lui avais sauvé la vie, mais tout de même! Et puis je pars de ce principe que, quand on reçoit, on doit rendre. C'est pourquoi lorsqu'il me demanda s'il aurait la joie de me revoir, non seulement je répondis oui, mais je l'invitai à déjeuner dans mon pavillon, le lendemain dimanche.

3

Lionel Fribourg

On me fera la grâce de croire que j'étais déjà à ce moment un homme d'expérience et non pas un béjaune romantique sombrant dans le lyrisme à la moindre occasion.

C'est donc en toute lucidité que, ce matin-là, dans le train qui m'emportait vers Athis-Mons, j'évoquais avec ravissement ma rencontre avec Agnès, ainsi que les qualités de cœur et d'esprit qu'elle m'avait révélées.

Je descendis à Ablon, ainsi qu'elle me l'avait recommandé. Elle m'avait griffonné un croquis maladroit et touchant sur un coin de papier bleu arraché à un sac des grands magasins du Louvre. Dans une pâtisserie d'Ablon, j'achetai des chocolats, puis je me remis en route, dépassai une petite église (dont l'air campagnard me transporta d'un coup d'aile enchantée à mille lieues de Paris), traversai un pont de chemin de fer et me retrouvai sur une route montant fortement. De temps en temps, je m'arrêtais pour souffler un peu, et respirer avec volupté l'air pur et vif.

Et tout à coup, au détour de la route, tout en haut, perdu dans les arbres de son jardin, je vis le PAVILLON.

Agnès n'avait pas exagéré : c'était plus qu'un pavillon : c'était une petite villa. Une construction toute blanche sans étage, avec une terrasse surmontée d'une pergola où s'entrelaçait du chèvrefeuille. Du bord de la route, près de la grille du jardin, on pouvait voir plus bas la Seine et ses méandres étinceler sous le soleil d'automne.

Je fus saisi d'amour pour la blanche sérénité de ce pavillon, pour le silence que troublait seul le frémissement des feuilles d'arbres... Les vers du poète me montèrent aux lèvres : « Ici, tout est calme et beauté... » Puis, je me sentis parcouru d'un léger frisson et je compris soudain les raisons de cet émoi : cette construction toute blanche au bord d'un fleuve évoquait pour moi mon bungalow sur les bords du Nil!...

Je sonnai à la grille du jardin. Agnès vint m'ouvrir. Elle avait remplacé les bottillons de la veille, – plutôt malgracieux, je dois le reconnaître –, par des escarpins à talons hauts et des bas sans couture. Contrairement à la veille aussi, elle s'était un peu maquillée, ce qui, paradoxalement, lui donnait l'air plus juvénile. Elle portait dans les cheveux un petit serre-tête de satin bleu ciel assorti à la couleur de ses yeux.

Elle me présenta immédiatement à ses deux chats : « Kaki » (ainsi surnommé en raison de sa couleur), et « Ma Laideur », un horrible chaton dont elle avait sauvé la vie dans des circonstances qu'elle se refusa obstinément à me révéler.

Puis, elle me fit visiter le pavillon. Il se composait de deux chambres très spacieuses, d'une grande salle à manger, d'une cuisine et d'une salle de bains. Il était surmonté d'un petit cabinet de débarras et d'un grenier d'où l'on jouissait d'une vue magnifique sur la vallée de la Seine.

La chambre du fond, dont la porte-fenêtre donnait sur le jardin, aurait fait un cabinet de travail absolument idéal. Elle était, pour le présent, encombrée d'une demi-douzaine de modèles réduits de bateaux à voile. Et quand je dis « réduits » c'est pour être poli, car je n'avais jamais vu de modèles réduits aussi monstrueusement gigantesques. Débarrassée de ces abominations, la pièce aurait pu contenir, au large, mes dossiers les plus nécessaires, tandis que les autres auraient pris place dans le cabinet de débarras, et que mes caisses et cantines seraient allées se reposer au grenier.

Agnès me montra aussi le jardin, et je dois dire que je me vis aussitôt m'y promenant après un déjeuner frugal, et y méditant sur Akhenaton avant d'entreprendre un nouveau chapitre de mon ouvrage, dans la chambre du fond.

J'appréciais de plus en plus la naïveté rafraîchissante d'Agnès, son amour des bêtes et de son père. Elle confectionnait pour ses chats des pâtées odorantes et pour son père des pull-overs à grosses côtes. Comparée à la brusquerie méprisante avec laquelle me traitait Marie-José, cette piété filiale me touchait infiniment.

A propos de Marie-José, j'avais estimé plus sage de décliner l'invitation d'Agnès la concernant. Il me semblait inutile de mettre immédiatement en présence deux natures aussi dissemblables. D'autre part, Agnès s'était mis dans la tête, je ne sais pourquoi – peut-être faute de précisions de ma part –, que Marie-José était une fillette passant ses dimanches chez les éclaireuses de France. Je ne voyais aucune urgence à la désabuser sur ce point.

Pendant le déjeuner, Agnès me reparla de son père :

– Il habite la Bretagne avec une vieille bonne. Ah, il a son caractère! Moi aussi, d'ailleurs! Les Bretons, vous savez!... Vous aimez la Bretagne?

– Je n'y suis jamais allé, répondis-je, mais je crois que j'aimerais beaucoup... Les calvaires, les dolmens, le flot rongeant la roche déchiquetée... Les Corrigans et les Farfadets!... Les fontaines miraculeuses où viennent se baigner les femmes en mal d'enfants!... Les battoirs des lavandières qui battent les suaires des trépassés... Quel beau pays que celui de Monsieur votre Père!

– Eh bien, pour quelqu'un qui n'est jamais allé là-bas, vous semblez bien connaître.

– J'ai lu beaucoup de livres sur ce sujet.

En fait, j'avais surtout vu beaucoup de documentaires cinématographiques, mais je supposais que des sources livresques paraîtraient moins frivoles.

– Je vous admire surtout de pouvoir retenir. Moi, j'ai beau lire beaucoup, je ne retiens rien.

– C'est une question d'entraînement, dis-je. On peut éduquer ses facultés d'assimilation comme on peut éduquer ses facultés mnémoniques.

– Pardon?

– La mnémonique est l'art de cultiver la mémoire.

– Papa est un peu comme vous, dit Agnès. Il retient tout ce qu'il lit.

– Vraiment?

– Il a lu une seule fois l'Almanach Vermot et il se souvient de TOUTES les histoires. Mot à mot. Il les racontait à chaque anniversaire de leur mariage, à maman et à lui. Dans les mêmes termes exactement. Et gare si on ne riait pas. A chaque anniversaire de mariage, il chantait aussi : *Le trente-et-un du mois d'août,* et gare si on ne reprenait pas en chœur.

– Et Madame votre Mère est décédée, je suppose.

– Depuis trois ans.

C'est évidemment ce que cette malheureuse épouse avait de mieux à faire : on ne peut pas vivre dans la terreur continuelle des anniversaires de mariage.

– Monsieur votre Père vit seul en Bretagne, maintenant? Il ne s'ennuie pas?

– Il a ses distractions.

Agnès observa un silence en décapitant sa bouchée

à la reine. Elle avait préparé un excellent déjeuner. C'était encore une sensation depuis longtemps oubliée, celle de déjeuner avec une personne agréable, et non en face d'un consommateur anonyme de libre-service ou du poste à transistors d'une fille muette et pressée.

Agnès releva les yeux et reprit avec un sourire espiègle :

– Vous avez remarqué les bateaux à voiles, dans la chambre du fond?

Je faillis répondre qu'il eût été difficile de ne pas les remarquer, alors qu'ils encombraient une pièce dont on pouvait faire meilleur usage. Le sourire d'Agnès me rendit prudent. Je me contentai de répondre qu'en effet, j'avais remarqué.

– C'est papa qui les a construits, s'écria Agnès triomphalement.

– Lui-même? Tout seul?

Je voulais douter qu'un débile vieillard qui avait déjà tué sa femme à coups d'histoires drôles, eût encore la force de construire de telles monstruosités.

– Tout seul, dit Agnès. Il n'arrête pas d'en construire. Si je l'avais écouté, je ne saurais plus où les mettre, ici. Il était furieux quand je lui ai demandé de ne plus m'en envoyer. Il faut voir, là-bas, s'il s'en donne! Il est infatigable! Ça tape, ça tape, les coups de marteau, d'un bout de la journée à l'autre!

– Des coups de marteau?

– Dame! ce ne sont pas de vrais bateaux, mais ils sont d'une bonne taille, vous les avez vus! Et solides! Des clous longs comme ça, qu'il y a à l'intérieur! Vous comprenez, papa était charpentier de marine : il a le marteau dans le sang, cet homme-là. Il ne vit que quand il enfonce des clous. Vous voulez voir sa photo?

Je n'en mourais pas d'envie à proprement parler, mais il était difficile de refuser. Agnès s'excusa, alla fouiller dans un tiroir, revint avec un petit portefeuille de maroquin rouge dont elle tira la photographie d'un homme portraituré en costume des dimanches.

Je sais qu'on ne me croira pas. Cela paraîtra trop énorme, inventé pour les besoins de ma cause. Pourtant, je n'exprimerai, en mentionnant le fait qu'une absolue vérité : cet homme-là avait des faux airs du colonel Nasser.

– Comment le trouvez-vous? me demanda Agnès.

– Il a l'air... énergique?...

– Et encore là, vous ne l'entendez pas! Quand il chuchote, il fait trembler les vitres. Il a une vitalité extraordinaire pour ses soixante ans!

– Soixante ans seulement! laissai-je échapper.

– N'est-ce pas? On ne les lui donnerait jamais, fit Agnès. Il dit qu'il nous enterrera tous. Il l'avait déjà dit à ma pauvre maman, et il faut reconnaître qu'en ce qui la concerne, il avait raison. Il a souvent raison, je dois dire. Il m'avait bien prévenue de ne pas épouser Jacques.

J'avais hâte de voir disparaître de la conversation cette brute bricoleuse dont le regard arrogant me coupait l'appétit. Je rendis la photographie à Agnès qui la remit avec soin dans le portefeuille et abordai une question qui me tenait plus à cœur.

– Il y a quatre ans que vous êtes divorcée et vous n'avez jamais songé à vous remarier?

– Quelquefois. Ce n'est pas toujours drôle, de vivre seule. Mais, bien souvent...

– Oui?...

– Bien souvent, les hommes ne pensent qu'à une chose. Remarquez, il est normal que chacun trouve son plaisir... Moi, avant, je croyais que cela pouvait retenir un homme. Je me suis aperçue que pas du tout. Alors, maintenant, c'est fini, ce côté-là. Et puis...

– Et puis?...

– Je ne pourrais me remarier qu'avec un homme qui ne tienne pas absolument à se marier à l'église puisque, moi, je ne peux plus... Oh! je lui en ai voulu, à Jacques, d'avoir divorcé sans me prévenir!

– Si vous n'aviez pas divorcé, vous ne pourriez pas vous remarier du tout!

– Evidemment.

– Vous espériez qu'il pourrait vous revenir un jour?

– J'espérais bien que non, au contraire! Il m'en avait fait assez voir! J'aurais dû m'en douter : c'était un blond aux yeux bleus. J'ai toujours été attirée par les blonds aux yeux bleus, mais ils ne m'ont jamais porté bonheur. D'ailleurs, papa m'avait prévenue : il le trouvait trop jeune. Il disait que les jeunes gens sont tous des cavaleurs.

Nul n'est entièrement mauvais, en ce bas monde, et je dus reconnaître que le vétéran des enfonceurs de clous pouvait avoir lui-même des éclairs de bon sens.

– Je ne peux que donner raison sur ce point à Monsieur votre Père, dis-je : jamais le charme fugace des jeunes gens n'a valu la solide expérience d'un homme plus âgé.

Car, à quoi bon le dissimuler davantage, déjà les projets les plus matrimoniaux s'ébauchaient dans ma tête...

Je voyais dans la calme et apaisante Agnès la fin du Tumulte. Dans ce pavillon blanc des hauteurs d'Athis-Mons blotti sous les arbres de son jardin, baignant dans le silence, je voyais apparaître enfin le port, après une tempétueuse et assourdissante traversée...

4

Agnès Devillard

J'ai réinvité M. Lionel pour le dimanche suivant. La seule chose qui m'ennuyait, c'était de ne pouvoir faire la grasse matinée jusqu'à 2 heures de l'après-midi, et de me lever plus tôt pour préparer le déjeuner. Mais c'était un bon exercice : j'avais perdu depuis longtemps l'habitude de faire de la vraie cuisine. Et désapprendre à faire la cuisine, c'est ennuyeux pour une femme. Papa le répétait assez à maman quand elle ratait un plat!...

Ainsi, peu à peu, pendant tout le mois de novembre, j'ai pris l'habitude d'inviter M. Lionel à mon pavillon, et lui, il prit l'habitude d'y venir. Il ne venait jamais les mains vides. Il apportait toujours des fleurs ou des chocolats. Je préférais les chocolats, parce que ça se mange.

Je préparais la cuisine pendant qu'il jouait avec les chats. D'abord, il avait voulu m'aider un peu, mettre la table par exemple, mais j'avais refusé : ce n'est pas l'affaire d'un homme de s'occuper de ça. Papa le répétait assez à maman.

Quand je dis qu'il jouait avec les chats, c'est une expression : il jouait avec *un* chat. Avec « Ma Laideur » qui a un caractère assez liant. « Kaki », lui, il était toujours fourré sous la table à le regarder d'un œil craintif : c'est un chat renfermé. (A propos de « Ma Laideur », c'est idiot, mais je ne savais pas si c'était un chat ou une chatte. Je l'avais retourné sur toutes les coutures pour me faire une opinion. Mais pas possible. D'ailleurs, « Ma Laideur » n'aimait pas ça, et puis ce n'est pas convenable. J'aurais bien voulu demander à M. Lionel, mais je n'osais pas. C'était tout de même malheureux, à trente-trois ans et divorcée, de ne pas pouvoir reconnaître le sexe d'un chat.)

Puisque je parle de cette question, je dois dire que M. Lionel était tout à fait convenable. Jamais un geste pouvant donner à croire qu'il pensait à je-ne-sais-quoi. Pourtant, il n'était pas mal, comme homme. Et à son âge, un homme pouvait encore avoir ses exigences! Je me souviens que papa le répétait assez à maman!...

Je me demande si je lui plaisais sur ce plan-là. Je sais bien que je n'étais pas Brigitte Bardot, mais je connais des collègues-femmes qui font plus vieux que moi et qui s'arrangent moins bien. Trente-trois ans, c'est encore jeune. Et ce n'est pas pour me vanter (ce n'est pas mon genre) mais je n'étais pas mal faite et j'avais de jolies jambes. Et les jambes, ça compte, chez une femme. Papa le répétait assez à maman qui les avait un peu maigres, la pauvre.

Dès le premier dimanche, j'avais un peu essayé de voir s'il avait des intentions. Je lui avais dit, comme ça, dans la conversation, qu'il est normal que chacun trouve son plaisir, en guettant sa réaction du coin de l'œil. Il n'avait pas réagi du tout.

Le second dimanche, je lui avais demandé d'essayer le pull-over de papa pour voir si les mesures allaient bien : ils étaient à peu près de la même corpulence. Il avait bien été obligé d'ôter son veston et son pull-over à lui, et, sous prétexte de vérifier les emmanchures, j'avais passé mes mains sous ses bras et le long de la poitrine. Oh! pas d'une façon provocante du tout (ce n'est pas mon genre); juste pour voir s'il allait m'enlacer. Mais il n'avait même pas essayé. Il avait surtout l'air pressé que je lui retire le pull-over de papa. C'était un peu excessif, je trouve! Je n'aime pas les hommes qui ne pensent qu'à ça mais lui... il n'y pensait jamais!

Depuis quatre ans que j'étais toute seule, moi... je commençais à y penser. Quelquefois, il m'arrivait de faire des rêves sensuels. Je n'étais pas de celles qui se laissent aborder dans la rue ou au cinéma. Quant à mes collègues-hommes, la plupart étaient mariés et tous étaient vulgaires. Alors quoi? Pour une femme seule et convenable, c'est un problème!

Avec M. Lionel, je croyais que ça allait s'arranger : il était distingué, instruit, mnémonique... Et voilà qu'il n'y pensait pas! Ah! c'est bien fait, la vie, je vous jure! C'est tellement risible qu'il y a de quoi pleurer!

Ceci mis à part, je l'aimais bien, M. Lionel : Il avait ses défauts, bien sûr, comme tout le monde (même papa avait les siens!) : il avait un peu trop tendance à me faire des conférences sur l'ancienne Egypte et Tank et Maton en employant des mots que je ne comprenais pas. Il me prêtait les articles de lui et j'étais obligée de les lire. Ça m'intéressait, bien sûr, puisque c'était historique, mais dans le genre historique, je préférais *Marquise des Anges*, un livre en trois volumes très bien écrit qui se déroulait sous Louis XIV.

Mais il était si gentil, M. Lionel, et si prévenant! Il m'aidait à recharger mon poêle, le soir. A ce sujet, il s'était même inquiété de la présence de vieux chiffons et de bidons d'essence, dans la cave – mais ils étaient là depuis des années, bien avant que Jacques me quitte, et ils n'avaient jamais fait de mal à personne! Il m'avait aussi colmaté une fuite d'eau. Il déblayait les branches et les feuilles mortes du jardin. Bref, quand il était là, il s'occupait de mon pavillon avec autant de soins que s'il avait été chez lui.

Après le déjeuner, nous allions faire une promenade sur les bords de la Seine et nous revenions par les bois. Parfois, il s'arrêtait brusquement de marcher, respirait à pleins poumons plusieurs fois de suite et s'écriait :

– Ah! comme je me plais ici!...

Je lui répondais que c'était un fameux bol d'air, à tel point que lorsque je rentrais chez moi en semaine, je me sentais prête à recommencer une nouvelle journée.

En rentrant, je préparais un thé ou un chocolat bien chaud avec des biscuits, puis nous jouions aux cartes. Quelquefois à la crapette, plus souvent à la belote. J'aimais beaucoup la belote; j'y jouais très bien. J'ai toujours eu de la chance aux jeux de cartes. M. Lionel aurait bien voulu m'apprendre le bridge, mais il paraît que c'était difficile d'y jouer à deux. A trois aussi, je crois bien, puisque les gens cherchent toujours un quatrième.

Souvent, je le retenais à dîner, puis je le raccompagnais à la gare d'Ablon. A chaque fois, il me faisait du wagon de grands signes d'adieu et je lui répondais comme si nous ne devions plus nous revoir pendant des années.

Pourtant, nous nous revoyions de plus en plus souvent. Il venait me chercher à mon travail plusieurs fois par semaine. Je travaillais pour Photomaton à « France-Air-Pur », une association de tourisme habilitée à transmettre des demandes de passeports, de cartes d'identité, de licences de camping.

« France-Air-Pur » se trouvait avenue Hoche. M. Lionel m'attendait au métro Etoile pour ne pas faire jaser mes collègues. On prenait le métro jusqu'à Concorde et on traversait les Tuileries jusqu'à la gare d'Orsay où j'arrivais juste à temps pour attraper mon train de 19 h 14. Quelquefois, il m'invitait à dîner au restaurant, mais je ne pouvais pas accepter souvent parce que ça me faisait rentrer plus tard et décalait tout mon travail : la pâtée pour « Kaki » et

« Ma Laideur », le rechargement du poêle, etc., et le lendemain, je devais me lever au moins à 6 heures moins le quart pour pouvoir attraper mon train de 7 h 40.

Evidemment, de 18 h 30, heure à laquelle je sortais de « France-Air-Pur », à mon train de 19 h 14, c'était très rapide pour échanger des idées. Mais j'aimais bien sentir une présence. J'aimais bien que quelqu'un m'attende, s'occupe de moi. Je lui racontais des potins du bureau et même l'histoire amusante d'un secrétaire général qui était tombé par la fenêtre.

Il se montrait très délicat et me demandait chaque fois s'il pourrait revenir me chercher le lendemain. Je lui répondais :

– Oui, je veux bien...

– Mais si vous êtes fatiguée, vous préférez sans doute rentrer seule? Ça vous fatigue peut-être de parler?

Moi, je n'avais jamais vu une femme que « ça fatigue de parler ». En tout cas pas moi.

– Non, disais-je, ça ne me fatigue pas... Au contraire, ça me détend!... Ce serait plutôt pour vous : ce n'est pas drôle de prendre le métro et de traverser les Tuileries si vite! Et j'ai peur de vous ennuyer avec mes petites histoires.

Mais non : il paraît que je ne l'ennuyais pas du tout. La preuve, il est bientôt venu me chercher tous les soirs.

C'est ainsi qu'un soir – au début de décembre –, nous traversions les Tuileries sous la neige.

– J'aime bien, dit Lionel (eh bien, voilà, je l'appelle Lionel tout court, maintenant : je savais bien que ça viendrait tout seul), j'aime bien la neige. Elle feutre les bruits, elle repose... Je ne veux plus supporter le bruit.

– Oui, répondis-je, c'est beau la neige, surtout quand elle ne s'est pas encore transformée en gadoue! Mais heureusement que j'ai mis mes bottillons!

– Vous avez bien fait, dit-il, c'est par les pieds qu'on attrape les rhumes.

– Oh! dis-je, j'ai mis aussi mon collant beige. On ne le remarque pas beaucoup, n'est-ce pas?

– Presque pas, fit-il doucement.

Il avait l'air tout attendri. C'était peut-être de m'imaginer en collant.

– D'ailleurs, ajouta-t-il, moi je porte toujours des caleçons longs, en cette saison.

Puis, sans aucune transition, il me prit par le bras, me força à m'arrêter et me dit très vite :

– Agnès, nous devrions nous marier.

Je répondis machinalement :

– Oui... peut-être...

J'y avais déjà pensé. Je n'étais pas amoureuse de lui, évidemment, mais il ne me déplaisait pas. Quelquefois, quand son visage se détendait, qu'il effaçait les rides soucieuses entre ses sourcils, qu'il perdait son air bilieux, il ne manquait pas de charme. Il ressemblait un peu à Vittorio de Sica.

– Mais vous savez que je ne peux plus me marier à l'église. Ça n'a pas d'importance, pour vous?

– Non. Je respecte vos convictions, Agnès, mais pour moi, ça n'a pas la moindre importance.

– Et qu'en penserait votre fille?

Parce qu'il me l'avait présentée, sa fille. Ce n'était pas une gamine comme j'avais cru. C'était une jeune fille de dix-huit ans, pas mal si on aime le genre moderne : des cheveux courts, des robes qui descendent à peine aux genoux, des bas fumée. Mais j'avais l'intuition qu'on ne pourrait pas sympathiser beaucoup.

– Je ne crois pas qu'il y ait lieu de s'inquiéter pour Marie-José : j'avais pensé que je pourrais partager avec vous votre pavillon en lui laissant mon petit appartement actuel. Elle serait tranquille pour y étudier.

Bien sûr, c'était la solution idéale. Sauf que Marie-José n'utiliserait certainement pas l'appartement à « étudier ». Mais je ne dis rien : ça ne me regardait pas.

– De votre côté, reprit Lionel, je ne crois pas que Monsieur votre Père serait susceptible de nous susciter des difficultés?

– Oh, non! Il n'aimait pas mon ex-mari parce qu'il le trouvait trop jeune. Avec vous, il ne pourrait pas se plaindre!

Nous sommes sortis des Tuileries et avons traversé le pont de Solférino sans parler davantage. Une sorte de petite gêne s'était installée entre nous.

Gare d'Orsay, dans la salle d'attente, près de l'escalier descendant vers le quai, il m'a prise dans ses bras et il m'a embrassée. Sur les joues.

Dans le train, je n'étais pas tellement gaie. J'essayai de commencer le deuxième volume de *Marquise des Anges* qu'une collègue m'avait prêté, mais je n'arrivais pas à me concentrer. Je pensais à Lionel.

Je m'étais trompée pour mon premier mariage; j'avais peur de me tromper encore. Je trouvais Lionel très, très gentil, mais je n'étais pas amoureuse de lui.

D'un autre côté, un veuf, ça faisait sérieux. Les années passaient, et rien ne disait que je retrouverais une occasion pareille.

Enfin, bref, j'étais indécise.

Je me souviens même que comme ça, dans le train, au milieu des autres voyageurs, j'ai fermé les yeux et j'ai pensé avec une intensité extraordinaire :

– Mon Dieu! Mon Dieu! Envoyez-moi un signe!...

Quand je suis rentrée à Athis, j'ai trouvé une lettre dans la boîte : elle était de papa.

Il m'écrivait que sa vieille bonne l'avait quitté, qu'il ne trouvait personne pour la remplacer, qu'il ne voulait pas vivre seul, et qu'il allait venir habiter avec moi, dans mon pavillon...

5

Lionel Fribourg

Paris, le 13-11-60

Cher ami,

Comme il m'est difficile de parler au téléphone, j'ai préféré vous adresser ce mot pour vous dire qu'il ne nous est pas possible de nous retrouver ce soir, à l'Etoile. Je m'en excuse et vous adresserai un mot dans le courant de la semaine pour vous confirmer quand nous pourrons nous revoir.

Recevez toutes mes amitiés.

Agnès

*
**

Paris, le 15-11-60

Cher ami,

Comme promis, je vous adresse ce mot pour vous dire que je prévois cette soirée très remplie et que je m'excuse de ne pouvoir vous voir à nouveau.

Avec toutes mes amitiés.

Agnès

*
**

Paris, le 16-11-60

Cher ami,

En suite à mon mot d'hier et comme le temps s'annonce pas très beau, je remets à la semaine prochaine les courses que je désirais effectuer au Louvre demain samedi après-midi. D'autre part, je ne voudrais pas vous faire profiter de la campagne dans ces conditions. Je m'en excuse et espère vous revoir maintenant, qu'après les fêtes.

En attendant, je vous souhaite de bonnes et heureuses fêtes, ainsi que mes amitiés.

Agnès

***

– A ta place, moi, je me méfierais, dit Marie-José; elle t'espace, ta pépée, elle t'espace!...

– Je te serais reconnaissant de ne pas appeler « pépée », une femme qui sera très bientôt j'espère, ta mère d'adoption.

– Si j'étais Zazie, je te répondrais bien quelque chose, dit Marie-José, mais je suis correcte. Et que ce soit ta pépée ou ma mère adoptive, elle t'espace. Les faits sont là.

Ainsi s'adressait à son père ma propre fille. Je dois dire que la fréquentation de la Zazie susmentionnée paraissait avoir porté un coup fatal à un vocabulaire déjà relâché. Mais je ne pouvais, hélas! veiller autant que j'eusse désiré, aux fréquentations de Marie-José. D'ailleurs, par un détestable coup de malchance, elle semblait avoir rencontré cette Zazie au cours d'un de ses rarissimes trajets en métro puisque, le plus souvent, elle ne daignait se déplacer qu'en automobile.

– Et d'abord, repris-je, qui t'a permis de fouiller ma correspondance!

– Je n'ai rien fouillé du tout. J'ai essayé de mettre

un peu d'ordre dans ton monceau de paperasses pour une fois. Pour un peu, ça monterait jusqu'au plafond. Si c'était moi, je flanquerais toutes ces vieilleries à la poubelle, ça ferait de la place!

– Marie-José!... N'oublie pas que ces vieilleries nous font vivre et que si tu as de l'argent de poche...

– Je connais un tas de garçons qui ne demanderaient pas mieux que de m'en donner, de l'argent de poche! Personnellement, je préfère rester indépendante, mais si tu y tiens!...

– Il suffit, coupai-je. Je ne discute pas avec une gamine mal élevée. Ensuite, qu'entendais-tu par : « Elle t'espace, elle t'espace!... »?

– J'entends ce que je dis. Tu t'obstines à ne rien voir. Vis-à-vis de cette femme-là, ton aveuglement crève les yeux. Primo, c'est une demeurée; secundo, elle te laisse tomber.

Cette fois, la gifle claqua si sec que Marie-José en demeura un instant stupide. Puis elle se frotta la joue en me considérant avec un mélange de surprise et d'estime.

– C'est bien de ta part, papa, dit-elle enfin. Il faut toujours défendre la femme qu'on aime. N'empêche que si tu y tiens vraiment, à ton Agnès, tu ferais pas mal de veiller au grain : elle te mijote un placage soigné. Crois-moi, sur l'art et la manière de plaquer les bonshommes, j'en connais un rayon. Un père averti en vaut deux. Là-dessus, je te quitte; je ne dîne pas là, ce soir. Tchaôô!...

Elle sortit en claquant la porte et je demeurai seul en proie à des pensées inquiètes et à une violente migraine. Qu'on ne me croie pas plus niais que je le suis : je n'avais pas attendu Marie-José pour éprouver quelque trouble à la lecture des billets d'Agnès.

Mais je dois mentionner que je l'avais demandée en mariage à l'issue de notre dernière rencontre, qu'elle avait pratiquement accepté et que nous étions virtuellement fiancés. Il était donc normal qu'elle eût besoin de quelque répit afin de calmer la tempétueuse émotion, les remous un peu fiévreux que n'avait pu manquer de provoquer dans son âme un tel développement de nos rapports. Moi-même, j'éprouvais une si intense félicité à l'idée de la prendre pour compagne et d'aller habiter dans un endroit paisible où je puisse travailler à l'aise, que ma nervosité s'en était encore accrue.

Le troisième billet avait pourtant fini par éveiller mon inquiétude. Il marquait effectivement une intention délibérée de m'« espacer ».

Je n'aime pas les situations fuyantes, et je résolus d'en avoir le cœur net.

Le dimanche suivant, je me rendis à Athis sous un ciel d'un bleu minéral et sur un sol verglacé. Au début de l'après-midi, je sonnai à la grille du jardin. Le pavillon semblait désert. Seule « Ma Laideur » s'étirait sur la terrasse. « Ma Laideur » prenait souvent le frais, contrairement à « Kaki », chat misogyne, introverti, très frileux, toujours dolent et enrhumé, ennuyant tout le monde avec son nez bouché, ses éternuements et ses quintes de toux. Il faut avoir connu un chat catarrheux pour se faire une idée du bruit que cela produit. Je m'étais toujours promis de mettre « Kaki » à la porte dès que j'aurais épousé la douce Agnès et serais installé dans le pavillon.

Mon coup de sonnette ne troubla pas « Ma Laideur » et parut n'éveiller alentour qu'une profonde indifférence. Puis Agnès sortit de la maison et trottina vers la grille qu'elle entrouvrit prudemment :

– C'est vous? fit-elle.

Je ne songeai pas à nier l'évidence.

– Puis-je entrer?

L'intérieur de mon pavillon était bouleversé, chaises par-dessus tables et tapis roulés; une pénétrante odeur s'en dégageait : Agnès encaustiquait.

Je poussai un soupir de soulagement : je préférais surprendre Agnès cirant un parquet que caressant un galant.

– Monsieur Lionel! fit-elle sur un ton de surprise certaine et de plaisir mitigé.

– Pardonnez-moi cette intrusion, dis-je, mais après réception de vos divers billets, il m'a semblé que quelque chose n'allait pas. Qu'une certaine mise au point s'imposait.

Je remarquai l'expression réticente d'Agnès. L'expérience a fini par m'enseigner la différence essentielle entre les hommes et les femmes : les hommes veulent toujours « mettre les choses au point »; les femmes n'y tiennent jamais.

– Rassurez-vous, je n'ai point l'intention de vous faire une scène, ce serait ridicule de ma part. Je voudrais simplement, et c'est bien légitime, savoir ce qu'il se passe. Je vous ai demandé de m'épouser, Agnès, vous me laissez comprendre que vous acceptez, puis vous disparaissez. Je comprends que vous ayez eu besoin d'un certain délai de réflexion, mais jusqu'après les fêtes, c'est beaucoup! Je ne peux pas vivre aussi indéfiniment dans l'incertitude et les coups de...

J'allais parler des coups de marteau, mais je me souvins du violon d'Ingres de son père et me retins à temps.

– ... enfin, bref, cela est nuisible à mon travail et à Akhenaton! Et puisqu'il faut tout dire, votre présence me manque, Agnès, car je vous aime!

– Vous m'aimez? répéta-t-elle avec quelque émotion et étonnement.

Cela me paraissait implicitement contenu dans ma demande en mariage antérieure, mais il faut toujours perdre son temps à préciser des évidences.

– Certes, je vous aime, dis-je. J'aime la simplicité,

la naïveté, la fraîcheur qui se dégagent de vous! J'aime votre calme, votre paix!

Tout en parlant, j'examinais la pièce qu'elle nettoyait à mon arrivée. C'était la chambre du fond. Enfin débarrassée des abominables et grossières embarcations qui l'encombraient, elle paraissait encore plus vaste. L'éclairage, par la porte-fenêtre, en était à la fois lumineux et reposant à l'œil. Je pourrais installer ma table de travail à droite de la fenêtre de manière que la lumière me vînt de la gauche (cette question d'éclairage compte beaucoup dans le déchiffrement des hiéroglyphes); j'aurais ainsi le dos au radiateur et les reins au chaud, ce qui n'était pas le cas dans mon sordide logement actuel.

– ... enfin, bref, conclus-je quelque peu abruptement, je vous aime. Je suis un savant qui ne sait pas faire de phrases, mais cette maladresse à exprimer mes sentiments doit vous être le plus sûr garant de leur sincérité. Mais vous... vous mettiez cette chambre en ordre? ajoutai-je soudain.

Il arrive ainsi que notre œil enregistre un spectacle, et que notre cerveau se contente de rêvasser à propos de ce spectacle sans en tirer les conclusions *pratiques* évidentes. Or, ces conclusions venaient de m'apparaître : Agnès mettait la chambre en ordre parce que quelqu'un allait s'y installer. Et qui donc avait demandé Agnès en mariage, qui donc avait suggéré que nous pourrions partager ce pavillon où s'étiolait sa solitude? Moi-même, sans nulle vanité. Je me sentis envahi de la plus douce émotion.

– Agnès, demandai-je en la menaçant du doigt, Agnès chère petite cachottière, quel heureux mortel est-il destiné à vivre dans cette pièce et à y travailler?

– Papa. Il sera bien, ici, pour construire ses bateaux avec le jardin tout près.

– Me... Vous... Voudriez-vous me faire entendre

par là que ce vieil... que Monsieur votre Père va venir chez nnnou... *ici?*

– Oui, il me l'a écrit.

– Il est bien naturel qu'un père éloigné toute l'année de son enfant envisage de passer avec elle les fêtes de Noël et du Jour de l'An, déclarai-je, beau joueur.

Elle secoua la tête :

– Papa revient habiter ici. Pour toujours.

J'étais encore planté au milieu de la pièce. Je n'avais ôté ni mon pardessus ni mon cache-col. Je m'avisai que la porte-fenêtre était entrouverte et qu'il faisait froid. Un courant d'air rebroussait mes cheveux. Des cheveux qui ne se contentaient plus de grisonner aux tempes. Je me sentais vieux. J'avais un travail à finir, une vie à achever convenablement. Je n'avais plus de temps à perdre avec les catastrophes. Un colonel avait déjà confisqué mon bungalow, bouleversé mon foyer et mes perspectives d'une paisible vieillesse, je n'allais pas me laisser refaire le coup par un charpentier de marine! Ainsi que se serait exprimée Marie-José : « Je connaissais le gag; il ne me faisait plus rire. » Je rajustai mes lunettes :

– Pourquoi ne m'avez-vous rien dit, Agnès?

– Je ne sais pas... J'avais besoin de réfléchir...

– Réfléchir sur nos projets?

– Oui.

– Cela les modifie-t-il... beaucoup?

– Oui. Totalement, je crois.

– Pourquoi? Monsieur votre Père pourrait occuper une chambre et nous l'autre?

C'était sacrifier mon cabinet de travail mais il fallait faire la part du feu. Si, au prix de cette concession... Mais l'expérience montre que les concessions sont hors de prix...

– Non, répondit Agnès. Ça ne pourrait pas aller. Je ne crois pas que vous pourriez vous entendre avec papa.

– Je suis d'un caractère assez facile!

– Pas papa! Il ne peut supporter personne. Il a eu je ne sais pas combien de bonnes depuis la mort de maman. Elles partaient toutes les unes après les autres. Maintenant, il se retrouve vraiment seul. C'est pourquoi il vient venir habiter avec moi.

– Pourquoi les bonnes sont-elles parties?

– Les domestiques, de nos jours, vous savez ce que c'est! Il leur faut des patrons sur mesures. Elles lui reprochaient de crier tout le temps et elles se plaignaient des coups de marteau. Surtout des coups de marteau. Mais il faut le comprendre, papa : il ne peut pas construire des bateaux pareils sans donner des coups de marteau.

– Et il ne peut pas s'empêcher de construire des bateaux?

– Les bateaux, c'est ses Tank et Maton à lui!

C'était un coup droit. Le premier que m'envoyait la tendre Agnès. Je ne suis pas, en tant que père, contre une certaine piété filiale, mais je commençai à juger la sienne un peu excessive.

– Mais je ne pense pas que le grincement de ma plume sur le papier serait susceptible de faire fuir les domestiques, ne pus-je m'empêcher de rétorquer avec aigreur.

– Vous voyez, dit Agnès doucement, il n'est même pas là et on se dispute déjà.

Je commençais à m'embourber dans cette molle douceur. Je voyais fondre mes forces et ma réserve devant cette inertie de fille obéissante.

– Vous pourriez peut-être lui expliquer...

– Oh! vous ne connaissez pas papa. C'est un homme qui a son caractère, vous comprenez. Il lui faut ses aises. Et puis, avant d'être charpentier de marine, il avait été en Afrique...

– Moi aussi, nous pourrions échanger des souv...

– Il avait attrapé le paludisme.

Je faillis encore répondre « moi aussi et nous

pourrons échanger des recettes médicales », mais je me rappelai que je n'avais pas estimé nécessaire d'informer Agnès de ce détail personnel.

– Quelques poussées fiévreuses de temps en temps, ce n'est pas bien grave, dis-je avec une chaleur compréhensive. Un homme n'en est aucunement diminué pour autant.

– Oh! ça ne le diminue pas! Ça aurait plutôt tendance à le monter davantage!

– A le monter contre quoi?

– Il est toujours monté contre tout, vous savez : le gouvernement, les gros bonnets, le bas peuple, Wilson, la S. D. N. et le Front populaire.

– En ce qui concerne les trois derniers, peut-être n'est-ce plus nécessaire de se fâcher, dis-je avec une ironie qu'Agnès n'apprécia malheureusement pas.

– Possible, mais il est monté contre. Et quand il est monté contre, il ne revient pas en arrière. Il est comme ça, papa. Tout d'une pièce.

– En conclusion, ma chère Agnès, si je vous comprends bien, la venue ici de Monsieur votre Père nous interdit de donner suite à nos projets?

Agnès baissait le nez :

– Il ne pourrait sûrement pas supporter que quelqu'un habite avec lui et moi.

– Ma chère Agnès. (J'essayais de conserver mon sang-froid : si je m'emportais, tout était perdu!) Ma chère Agnès, je me permettrai simplement de vous faire observer que vous êtes majeure, libre par conséquent de vous marier sans le consentement de Monsieur votre Père...

– Mon premier mariage, je l'ai fait contre la volonté de papa. Pour une fois que je ne lui avais pas obéi, j'ai bien été punie... Ah, la, la!...

– Sans doute! Mais les circonstances sont différentes aujourd'hui. Peut-être pourriez-vous suggérer à Monsieur votre Père de réfléchir...

– Oh! c'est tout réfléchi : quand il a décidé une

chose, c'est comme si elle était faite. Il n'est pas breton pour rien.

– Peut-être pourriez-vous lui représenter qu'il va quitter un pays salubre, à l'air vif si recommandé pour les paludéens, un pays plein de traditions folkloriques : que jamais plus il n'entendra les lavandières battre les suaires des trépassés! Qu'il n'écoutera plus le flot rongeant la roche déchiquetée! Qu'il va quitter son pays natal, donc, qu'il va laisser derrière lui tous ses vieux amis...

– Il n'a aucun ami.

– ... qu'il va abandonner tout cela pour quoi? Pour venir habiter ici une petite maison de banlieue tout humide...

– Humide, mon pavillon?

– ... pleine de fuites d'eau...

– Il n'y en a jamais eu d'autre que celle que vous avez réparée!

– ... où il ne pourra pas installer tous ses bateaux comme il voudra!

– Je ne vois pas pourquoi...

– ... où il respirera un air vicié, tout chargé des miasmes venant de Paris, et si contre-indiqués dans les cas de paludisme.

– Monsieur Lionel!

(Agnès était rouge de colère. Elle ne m'avait plus appelé « Monsieur Lionel » depuis nos premières rencontres.)

– Monsieur Lionel, vous vous moquez de moi et de papa!

Je m'étais effectivement laissé emporter plus qu'il n'eût été sage dans le tourbillon tentant des sarcasmes. Il fallait rattraper cette imprudence :

– Vous me connaissez, ma chère Agnès. Suis-je homme à me moquer de quiconque? Principalement d'une femme que j'aime et de son père?

– C'est vrai, reconnut Agnès.

– J'ai toujours respecté la vieillesse. Ce respect se

mue en admiration pour une vieillesse laborieuse qu'honore la fabrication intensive et quotidienne de bateaux à voiles.

– Ça, c'est gentil, dit Agnès.

– Mais je voulais simplement vous faire comprendre qu'un vieillard encore très vert comme Monsieur votre Père... car je suppose qu'il est encore très vert?

– On ne peut pas être plus vert que papa.

– ... et en parfaite santé?

– A part ses petits accès de fièvre, absolument parfaite.

– Allons, tant mieux. Eh bien, je voulais simplement dire qu'un vieillard si vert et si bien portant pouvait fort bien se tirer d'affaires tout seul, que sa fille ne devait pas se croire dans l'obligation de l'héberger et de lui sacrifier ses propres chances de bonheur.

– Mais..., objecta Agnès.

Je ne me laissai pas interrompre :

– Et, parlant comme je le fais, soyez certaine, chère Agnès, que je me place d'un point de vue objectif, en m'oubliant totalement, en ne pensant qu'à votre bien et à celui de Monsieur votre Père. Il ne faut jamais se laisser guider par l'égoïsme. Ce serait égoïste de votre part que, pour la satisfaction de le voir chaque jour, vous négligiez sa santé. Car enfin, un vieillard si vert et si bien portant dépérira à demeurer cloîtré ici, inactif...

– Il ne sera pas inactif, puisqu'il fabriquera des bateaux. Et puis, il m'a écrit qu'il venait, je ne peux pas refuser ma maison à mon propre père.

Ainsi, la conversation en revenait à son point de départ.

– Parfait, dis-je. Vous ne voulez donc plus m'épouser?

– Mais si! s'écria Agnès avec une hâte touchante. Mais plus tard.

Cette fois, je ne demandais pas de précisions : « plus tard » signifiait : après la mort du père. Agnès était décidée à héberger son père et, tant que le père vivrait, Agnès se passerait de mari. Ce sens de la famille me paraissait démentiel mais c'était un fait.

– Quand doit-il venir?

– Oh, pas avant un ou deux mois!

Je désignai la pièce bouleversée :

– Et vous commencez déjà à...

– Avec lui, on ne sait jamais : il dit un ou deux mois, ça peut être aussi bien la semaine prochaine. Il agit selon son idée du moment, vous comprenez?

Je comprenais surtout que la porte se refermait. Que j'allais continuer à subir le tumulte sans avoir cette fois ni l'espoir ni la force d'en sortir. Je comprenais qu'après m'avoir sauvé du gouffre in extremis par la peau du dos, la providence m'y laissait retomber avec un doux sourire.

Le doux sourire qui flottait alors sur les lèvres d'Agnès.

– Je n'osais pas vous dire tout cela de peur que ça ne vous fasse de la peine. C'est pour ça que je vous espaçais ces derniers temps.

Je notai au passage cette exceptionnelle similitude de vocabulaire entre Agnès et Marie-José. Pour laisser tomber les hommes, les femmes retrouvent une unité de langue.

Agnès m'invita à dîner, mais je refusai. Le choc était trop cruel et je n'aurais pu faire bon visage. Je quittai le pavillon avec la déchirante sensation d'y avoir pénétré pour la dernière fois.

Dans le train qui me ramenait vers Paris, coincé entre le blouson de cuir d'un adolescent à cheveux longs et la maffluité grumeleuse d'une joviale maraîchère, je ruminai ma déception. Le coup s'était abattu au pire moment : j'avais à peine mis en route mon ouvrage. L'espoir, avec la fréquentation d'Agnès, lui avait fait faire un pas en avant; l'inquiétude, après la réception des billets d'Agnès l'avait laissé stagner... Je n'osais penser à ce qu'allait être le résultat d'une perspective bouchée.

« Plus tard », avait dit Agnès. Mais plus tard, il serait trop tard! Mon ouvrage devait être entièrement achevé dans les six mois et il était à peine ébauché. Le temps pressait car il est inutile de préciser qu'un ouvrage sur Akhenaton n'est pas de ces petits romans policiers que l'on compose, paraît-il, en huit jours de temps.

Sur un journal du soir s'étalait le portrait déprimant d'un superbe vieillard qualifié de « plus vieil homme d'Europe, âgé de 108 ans ». Voilà qui promettait. Si mon presque futur beau-père marchait sur ces traces!...

C'est tout naturellement en pensant à mon presque futur beau-père que jaillit l'idée : pourquoi ne pas aller, moi, lui rendre visite à l'insu de sa fille?

6

Encore Lionel Fribourg

Agnès elle-même m'avait permis de connaître l'adresse de son père en me donnant parfois à poster le dimanche soir une lettre qu'elle lui avait écrite dans la matinée.

Je savais donc que l'incommode vieillard habitait : 10, rue de l'Eglise à Saint-Gildas-de-Plougoat-Kérénec, nom que l'on aurait pu croire inventé de toutes pièces par un plumitif anxieux de tirer à la ligne, mais qui pouvait à la rigueur s'expliquer par le fait que la ville : « 2.750 habitants, département des Côtes-du-Nord, arrondissement de Saint-Brieuc, était admirablement située à l'embouchure du Plougoat, et face à l'île Kérénec ».

Ces informations émanaient d'un guide sur la Bretagne que j'avais acheté afin d'oublier, dans la lecture, l'ennui et la fatigue du trajet par chemin de fer. Quel que soit le but du voyage, il convient d'en profiter pour s'instruire sur la région que l'on va voir.

J'appris donc ainsi qu'il ne fallait pas confondre Saint-Gildas de Plougoat-Kérénec avec Saint-Gildas des Bois, ni surtout avec Saint-Gildas de Rhuis; que ses grands Pardons étaient parmi les plus recherchés de la région, et que son port compris entre la pointe de Port-Guilben et la pointe des Trépassés, armait spécialement pour la pêche à la morue.

Je débarquai sur le quai de la gare sous un crachin gluant et au milieu d'un grand concours de peuple. Je m'avisai, par des bribes de conversation saisies au vol, que mon arrivée coïncidait avec celle des pèlerins se rendant au grand pardon du jour-dit, troisième dimanche de novembre.

Sur l'instant, je ne compris pas pourquoi ce Pardon devait se dérouler un 27 novembre alors que la Saint-Gildas tombait un 29 janvier, et ce débarquement massif de vêtements noirs et de coiffes blanches m'incommoda fort. Par la suite, il m'apparut que c'était peut-être là l'effet d'une rivalité entre pardons affectant les Saint-Gildas des Bois, de Rhuis et de Plougoat-Kérénec.

Je découvris sans peine la rue de l'Eglise. Elle était parallèle au quai et devait son nom à une modeste construction du XIIIe siècle dotée d'un élégant clocher en pyramide hexagonale.

Du n° 10 de la rue retentissaient des frappements sourds, tandis que de l'église s'élevaient des cantiques. Mon modeste coup de sonnette à la porte sembla soudain déclencher le carillon des cloches. Le portail de l'église s'ouvrit tout grand. Un immense crucifix noir apparut, entouré d'enfants de chœur et de prêtres en surplis, et suivi d'une procession de fidèles toujours chantant.

Le bruit conjugué des chants, des cloches et des coups sourds du n° 10 m'exacerba quelque peu, et je sonnai à nouveau avec insistance.

Au moment précis où s'ouvrait la porte du n° 10, le crucifix noir ruisselant d'eau, oscillant sous le vent, tourna le coin de la rue et se dirigea vers le port tandis que, sur la procession, la pluie faisait éclore les parapluies comme des bulles sur un ruisseau.

– C'est vous qui sonnez comme ça?

Le père d'Agnès avait vieilli depuis qu'avait été prise la photographie que sa fille m'avait montrée, mais la vague ressemblance avec le colonel Nasser subsistait toujours. Il était grand, fort, avec un long nez jouisseur aux narines largement ouvertes d'où sortaient des touffes de poils qui rejoignaient les moustaches, brosses d'un noir d'encre contrastant avec les mèches de cheveux gris échappées du béret basque. Car il portait un béret basque, ce qui était évidemment son droit, mais il le portait d'une manière particulièrement agressive, butée et ridicule : allongé en visière, mangeant le front et laissant dégarni tout l'arrière du crâne. Un chapeau rejeté en arrière est un signe de jovialité. Celui-ci était enfoncé en avant.

Je n'aimais pas non plus la moue méprisante abaissant les commissures des lèvres; je n'aimais pas la ride méchante, entre les sourcils; je n'aimais pas le marteau qu'il tenait à la main; bref, je n'aimais pas grand-chose du père d'Agnès ni surtout qu'il me laissât dans les courants d'air, me considérant comme si j'allais le dévaliser et me posant des questions stupides. Car enfin, à moins qu'il ne fît allusion au carillon ecclésiastique, c'était évidemment moi qui sonnais comme ça.

Mais il ne fallait pas perdre de vue que je m'étais fixé une mission diplomatique, toute de finesse et de délicatesse et que cette brute à béret basque était le père d'une femme qui m'était chère.

– Je suis, dis-je d'un ton courtois, Lionel Fribourg.

– Lionel Fribourg? Connais pas.

Je ne suis pas de caractère partial, et si je dis que la voix de cet homme avait des sonorités de courroie à transmission mal huilée jointes à des sortes de barrissements tout à fait imprévisibles, on voudra bien croire que ce n'est point là description caricaturale d'un esprit dénigreur, mais constatation objective d'un homme de science.

– Je suis un ami de madame votre fille. Elle a dû vous parler de moi dans ses lettres.

– Je brûle toutes ses lettres, elles sont trop niaises! Alors, c'est vous l'Egyptien?

– J'ai effectivement habité en Egypte, mais...

– C'est vous qui êtes dans les écritures.

– Les écritures, c'est une façon de parler. Les écritures hiéroglyphiques...

– Enfin, quoi, vous grattez du papier? Vous ne travaillez pas de vos mains.

J'allai répondre que je ne « grattais pas le papier » avec mes pieds quand je me rappelai les impératifs de ma mission : souplesse et diplomatie.

– J'aimerais discuter un peu avec vous.

– Discuter?

Il me dévisageait avec méfiance et mépris. Ce n'était évidemment pas un homme qui appréciait la discussion. Il était de la race de ceux qui confisquent les bungalows et occupent les pavillons. De force. Sans discussion. Bien. Mais, personnellement, j'avais fait ce voyage pour discuter avec lui et nous discuterions.

– Puis-je entrer?

Il se décida à refermer la porte dont l'entrebâillement m'avait gelé les pieds. Je le suivis dans une vaste pièce encombrée, comme je m'y attendais, de maquettes monstrueuses de bateaux à voiles.

Ces maquettes paraissaient encore plus monstrueuses chez lui que chez Agnès car il y en avait davantage. Et si je les traite de monstrueuses, ce n'est point ici encore par parti pris. J'apprécie beaucoup les maquettes tenant dans une boîte d'allumettes ou dans une bouteille, mais quand elles présentent l'encombrement d'un bahut de campagne, quand leurs formes et leurs couleurs évoquent le catafalque ou le blockhaus, lorsqu'elles sont construites en planches de trois centimètres d'épaisseur, clouées avec des clous de charpentier de six centimètres, alors je ne ressens plus à leur égard que haine et mépris.

Le vieillard travaillait à l'une d'elles, lorsque

l'avait surpris mon coup de sonnette, et de là venaient sans doute les frappements sourds que j'avais perçus à la porte. Si je n'avais connu par Agnès les activités de son père, il est certain que je me serais cru, en entrant dans la pièce, dans la salle d'exposition d'un marchand de cercueils.

Il fallait que cette pièce fût très spacieuse pour contenir autant de ces objets, et le logement me paraissait très suffisant – et même idéal – pour un homme seul exerçant une telle activité. Cette brutale décision de quitter cette entreprise de sépultures pour venir habiter notre pavillon n'avait pu naître que dans un de ces esprits malsains et foncièrement méchants, avides de bouleverser un foyer.

M. Gaëlen m'indiqua du menton une méchante chaise de paille où je m'assis après avoir retiré mon pardessus imbibé de crachin.

Je m'étais dérangé tout exprès, j'avais fait un long trajet pour venir le voir, j'étais un ami très cher de sa fille; il aurait donc pu montrer quelque amabilité, m'offrir par exemple un petit cordial.

Il s'en garda. Il se tenait debout, sans cesser de fixer sur moi ses petits yeux brillants et chassieux. Ai-je dit, qu'outre son béret, il portait un tablier de cuir qui, joint au marteau-maillet qu'il tenait à la main, aurait pu le faire prendre pour un équarrisseur.

– Alors! aboya-t-il.

Puis il se rassit devant l'ouvrage en cours et, sans même attendre la réponse, se MIT À FRAPPER À COUPS DE MARTEAU.

– Je suis un ami de madame votre fille, dis-je, élevant la voix pour me faire entendre.

– L'avez déjà dit, barrit-il. Alors?

– Nous étions pratiquement fiancés.

– Première nouvelle.

– Agnès ne vous l'a pas écrit?

– Elle ne m'écrit pas tout. Elle avait déjà fait une

boulette en se mariant la première fois. Elle n'était peut-être pas pressée de m'apprendre qu'elle allait en faire une seconde.

– Je ne vois pas en quoi elle ferait une boulette en m'épousant.

– On fait toujours une boulette en se mariant.

– Il est normal qu'une femme veuille se créer un foyer.

Entre deux rafales de coups de marteau, il grogna quelque chose que je ne compris pas. Un clou de charpentier long comme une dague disparut dans la planche.

Je profitai d'un court instant d'accalmie pour endiguer le déferlement d'exaspération qui commençait à me faire vibrer des pieds à la tête.

– Ecoutez, dis-je. J'aime votre fille. Je lui ai proposé de l'épouser. Je ne suis pas n'importe qui. Je ne suis pas un godelureau, un blouson noir ni un vieux noceur. J'ai déjà été marié...

– Divorcé?

– Veuf. Mon mariage n'a pas été un échec.

– Pourquoi? Parce que vous êtes devenu veuf avant d'avoir eu le temps de divorcer? Ou parce que vous êtes devenu veuf à force de faire crever votre femme à petit feu?

– Monsieur, il y a des bornes!... Et ne pourriez-vous pas cesser une minute de taper avec ce marteau?

– Pourquoi? Ça vous dérange? Vous êtes un cerveau, hein? Les cerveaux ont toujours peur des marteaux. Jamais le contraire. Ça fait réfléchir. Quant à avoir fait crever votre femme, pourquoi pas? J'ai bien fait crever la mienne, moi! Je parlais, je criais, je tapais à coups de marteau, j'étais exigeant au lit, j'avais le sang riche, quoi! Pas du jus de navet! Elle, elle avait toujours envie de dormir. Elle ne s'intéressait à rien; elle n'aimait rien : ni à entendre parler de bateaux à voiles, ni entendre en fabriquer, ni se faire...

– Ça suffit, dis-je.

Je me sentais frémir. Mon cœur cognait. Je haïssais ce vieillard comme je n'avais encore jamais haï personne. Et lui aussi, j'aurais juré que sa mâchoire commençait à trembloter. Des gouttes de sueur perlaient à son front. Par la vitre striée de pluie, j'apercevais sur un fond de grisaille le crucifix noir battu des vents, entouré de ses surplis et de ses parapluies.

– La bénédiction de la mer, croassa le vieillard. Ça vous intéresse? Ça aurait intéressé ma femme. Elle ne s'intéressait qu'à ça. Elle a passé le microbe à sa fille. Elle ne vous a jamais parlé de ses scrupules religieux, Agnès? Elle a pourtant été assez malade d'avoir dû divorcer. Un péché mortel qu'elle disait que c'était! Un sacrement, c'est un sacrement et toute la panoplie!...

– Les convictions de mademoiselle votre fille, même si on ne les partage pas...

– Les convictions de mademoiselle ma fille, c'étaient des mots! Comme la S.D.N. et le Front populaire! Et ce grand palabreur de Wilson!

Il tira encore une rafale de coups de marteau. Son teint était devenu rouge brique. Il paraissait brusquement secoué de rage. Un autre clou disparut dans la planche et une goutte de sueur tomba tout à côté.

– Il ne s'agit pas de Wilson, ni de la S.D.N.! criai-je. Il s'agit de votre fille et moi! Agnès m'a dit que vous aviez l'intention de venir habiter avec elle...

– Ça vous dérange?

– Ça condamne notre mariage!

Il se tourna brusquement vers moi en agitant son marteau :

– Ça vous empêche surtout d'habiter son pavillon, hein?

– Je ne vois vraiment pas...

– Vous êtes un savant, comme vous dites. Un cerveau. Vous n'êtes pas plus bête que moi. Vous savez bien que ma fille est une tourte. Et pourquoi donc un savant épouserait-il une tourte et lui ferait tout un cirque, et jouerait au joli cœur, hein? Mystère! Mais si la tourte a une jolie maison à la campagne, voilà qui explique bien des choses! Seulement je vous préviens tout de suite, ne comptez pas là-dessus. Agnès habite une bonne petite maison et elle sait faire la cuisine : c'est moi qui profiterai des deux et pas un autre! Enfoncez-vous bien ça dans la tête!

Il se retourna vers son ouvrage et se remit à frapper.

– Votre cynisme passe les bornes, dis-je, m'efforçant à me dominer.

– Pas de leçons à recevoir de vous. Regardez-vous donc : vous essayez encore de faire le faraud, mais vous êtes vieux, vous êtes minable, vous êtes fini, et si les Egyptiens vous ont foutu dehors, vous ne l'avez pas volé! Enfoncez-vous bien ça dans la tête aussi!...

– Arrêtez ces coups de marteau!

– S'ils vous gênent, je ne vous retiens pas!

– Ça vous ferait trop plaisir! Dans le monde, il y a ceux qui crient tout le temps et ceux qui veulent dormir! Les grandes gueules et les silencieux! Les énergiques et les fatigués! Les massacreurs et les victimes! Les équarrisseurs et les bestiaux! Je vois bien de quelle race vous êtes! Vous ne croyez à rien! Ni à l'amour, ni à la religion, ni à l'intelligence! Vous écrasez l'Esprit à coups de marteau! Ça, ça vous plaît, les coups de marteau, hein? Ça vous connaît! La force brutale, aveugle! Vous êtes de la race des gueulards, des tueurs, des estrapadeurs, des violateurs, des expulseurs, des spoliateurs, des briseurs de foyer et des éventreurs de fourmilière!...

– Vous allez la boucler! On ne s'entend plus taper!

– Seulement, on n'est plus au Moyen Age! Finis les gangsters, Al Capone et Chicago! Fini de blasphémer les grands pardons et d'insulter les gens respectables! Tout a une fin! ET ARRÊTEZ CE MARTEAU!

– Si je veux!

Il envoya encore toute une rafale d'un air arrogant, pour me narguer. Je me levai :

– ARRÊTEZ CE MARTEAU!

Encore une rafale. Il ne tapait même plus sur un clou. Il frappait au hasard, comme un dément. Pour faire du bruit. Pour me rendre fou. Comme MIMILE, comme la marchande des quatre-saisons, comme le transistor de ma fille et son Polenta.

Je fis un pas en avant. Je lui arrachai le marteau des mains :

– Je vous apprendrai, moi, ce que c'est que la révolte de l'intelligence! Je vous apprendrai, moi, à railler l'amour et la religion!

Il y eut encore quelques coups de marteau, mais ce fut moi qui les assenai, pour une fois. Sur sa tête.

– ... Je vous apprendrai à vous, grand gueulard, ce que sont la tendresse et la douceur de vivre!...

Au troisième coup, il s'effondra, une main en avant, l'autre devant les yeux. Je me reculai juste à temps pour éviter qu'il ne me tombe dessus. Son corps tremblait et il trouvait encore moyen de faire entendre son insupportable voix rauque, grinçante ou barrissante :

– Qu'est-ce qui vous prend, vieux con?

Telle est la grossièreté qu'il répétait sans arrêt, comme une litanie.

– L'insulte a toujours été l'arme des brutes à bout d'arguments, dis-je. Il est plus facile d'insulter que de discuter, n'est-ce pas?

Je lui portai un nouveau coup sur la tempe afin

qu'il cessât de proférer des incongruités, mais il continua à soubresauter et à barrir avec un entêtement maniaque. Pour la première fois je me demandai si je ne me trouvais pas en présence d'un dangereux malade mental.

– Je ne m'abaisserai pas, moi, à vous insulter, dis-je, essoufflé. Je vous conseillerai simplement d'aller consulter un docteur! Avec votre manie des coups de marteau, vous êtes un malheureux insane plus à plaindre qu'à blâmer!

Mais ces paroles modérées ne l'apaisèrent nullement. Il continuait à s'agiter fébrilement au sol en frappant le parquet du poing et en laissant échapper des mots que je ne compris heureusement pas, car ils devaient consister encore en obscénités diverses.

– Vos violences ne m'atteignent pas, espèce de sauvage! et je vous ferai taire, conclus-je. Enfoncez-vous bien cela dans la tête!

Et, précisément, la reprise de cette expression dont il avait précédemment usé à mon endroit fort malgracieusement, me suggéra que j'avais à portée de la main le moyen le plus simple de le réduire enfin à l'immobilité et au silence.

Je n'eus qu'à étendre le bras pour saisir un des longs clous de charpentier traînant près de la maquette.

Pour un individu qui « ne travaillait pas de ses mains », pour un *cerveau*, comme il disait, je ne m'y pris pas trop maladroitement pour enfoncer le clou dans le sien. Il est vrai que l'os temporal offre une minceur propice à cette perforation.

Les barrissements cessèrent, puis les soubresauts. Le tumulte prit fin et ce fut LE SILENCE.

Je me relevai. L'irritation progressive qui m'avait amené à me conduire avec la vivacité qu'on vient de voir avait disparu. La légère migraine qui m'avait harcelé depuis mon entrée dans la maison, s'était évanouie. Je me sentais brusquement détendu, comme délivré. Cette impression de délivrance et de bien-être fut si vive que je demeurai là, debout, immobile, les yeux clos, le marteau à la main, attentif à ce grand calme qui descendait en moi. Je me crus un instant transporté dans le pavillon d'Athis-Mons et m'attendis à ouïr la douce voix d'Agnès me proposant un tilleul bien chaud ou une partie de belote... Je fus pris d'un grand élan de tendresse pour Agnès et pour son pavillon et pour « Kaki » et pour « Ma Laideur ».

Je rouvris les yeux et mon regard tomba sur les yeux grands ouverts du vieillard irascible. La tête du clou dépassait benoîtement de deux centimètres à peine de sa tempe gauche. Mais les centimètres sous-jacents avaient eu raison de son irascibilité.

A travers la vitre brouillée de pluie, je vis la procession se diriger, avec un à-propos piquant, vers la pointe du Trépassé. Le grand crucifix noir s'inclina vers les flots, face à la masse grisâtre de l'île Kérénec. Des lambeaux de cantiques s'envolèrent sous la bruine, soutenus par des carillons plus proches.

Il m'était impossible de partir sans avoir pris quelques précautions indispensables. A mon âge, dans mon métier, la lucidité est une seconde nature, on voit les choses en face, on ne s'en laisse pas conter. Or, il était inutile de me dissimuler que si l'on me trouvait en présence du corps de l'incommode vieillard, on en conclurait aussitôt que je portais une certaine part de responsabilité dans l'arrêt brutal de ses fonctions physiologiques et cérébrales (en admettant que ces dernières aient existé chez lui). On ne comprendrait pas que les nombreux coups de marteau qu'il avait assenés sur ses planches avaient plus fait pour le tuer que les quelques miens sur sa tête. Il était bien évident que j'avais frappé, en quelque sorte, en état de légitime défense. Mais le bon sens est la chose au monde la moins bien partagée, et cette évidence n'apparaîtrait à nul autre qu'à moi. L'opinion publique se range toujours du côté des spoliateurs, des expulseurs, des briseurs de foyer et des éventreurs de fourmilière; toujours du côté de la brutalité hurlante. Il y avait donc tout à parier que tout le monde plaindrait le vieux mécréant et me traiterait, moi, d'assassin. Surtout si l'on me trouvait avec le marteau à la main.

Je fis donc passer ledit marteau de ma dextre à celle du doyen des enfonceurs de clous. Ai-je dit que je portais des gants? Des gants de laine grise que l'incivilité de mon hôte ne m'avait pas même laissé le temps de retirer. Il fut donc puni rétrospectivement de son impolitesse puisque cela m'évita l'ennui d'effacer mes empreintes sur le manche du marteau, d'y appliquer les siennes, bref, de me livrer à des simagrées ridicules et indignes d'un futur professeur au Collège de France.

Contrairement à ce que pourrait croire mon lecteur posthume et impressionnable, tout ce petit tapage avait produit très peu de sang.

Que l'on n'aille surtout pas m'imaginer me déplaçant dans la pièce sur la pointe des pieds afin d'éviter les flaques. Je suppose que les hémorragies les plus sérieuses avaient dû se produire à l'intérieur, car – et l'on m'excusera si j'ai l'air de plaisanter mais on n'inventerait pas ce détail : l'incommode vieillard ne saignait que du nez. Pour les personnes d'un sadisme plus exigeant, je préciserai qu'une goutte de sang noirâtre perlait au bord du clou et que, bien évidemment, des ecchymoses et des plaques sanguinolentes indiquaient les endroits du crâne les plus martelés.

Je ramassai le béret et le posai sur la maquette, en cours de fabrication. Je replaçai où je l'avais prise la chaise de paille que mon hôte m'avait, bien à contrecœur proposée, vérifiai si je ne laissais derrière moi aucune trace de ma venue et sortis.

La rue était déserte : le grand pardon avait drainé

vers le port tous les villageois à l'exception du vieux mécréant. Sans vouloir jouer au moralisateur, je me contenterai d'observer que cette abstention avait aussitôt trouvé son châtiment naturel.

Je contournai l'église au portail encore grand ouvert, remontai vers l'intérieur de la ville et me trouvai soudain mêlé à une foule de pèlerins se rendant au Calvaire. Je me laissai mollement déporter par leur flot et pus admirer en chemin de très curieux monuments funéraires de type mégalithique. Le Calvaire, sa croix et sa chapelle avaient été restaurés un an plus tôt et ne présentaient aucun intérêt.

Le crachin visqueux tombait toujours et j'aurais bien évidemment préféré reprendre le train sans tarder, mais cela n'eût pas été prudent : mieux valait rester confondu à tous ces pèlerins bien trop occupés à bavarder entre eux des cours saisonniers du poisson pour se préoccuper de moi.

Je ne repris le train qu'à 19 heures, assez fourbu car j'avais perdu l'habitude de prendre autant d'exercice dans une seule journée.

Je ne relus pas, pendant ce fastidieux voyage de retour, mon guide sur la Bretagne. Pour cette fois, j'avais mon content de Bretagne. Je me satisfis d'un magazine assez frivole que j'avais souvent vu entre les mains d'Agnès et qui rapportait avec des détails piquants le suicide d'une vedette de cinéma et l'accouchement d'une princesse orientale. Le suicide s'était accompli à coups de rasoir et l'accouchement à coups de césarienne. Le journaliste se complaisait dans les détails atroces avec une écœurante fausse pudeur, un feint dégoût et une pitié hypocrite tout à fait abominables. Je sortis de cette lecture assez consterné : gorgée de tels récits, rien d'étonnant à ce qu'une certaine jeunesse se laissât aller à ses instincts les plus violents.

Afin de me changer les idées, je m'amusai à lire

mon horoscope de la semaine. Je ne croyais pas, bien sûr, en ces fadaises. Mais Agnès, en contradiction flagrante avec sa religion, y attachait une énorme importance. A titre purement documentaire, je reproduis ci-dessous ce que j'y lus me concernant :

VOTRE AMBIANCE. – *Un besoin de détente physique et morale vous fera rechercher un cercle familier où vous pourrez agir sans contrainte. Votre sérénité apparente attirera paradoxalement autour de vous des gens anxieux et agités qui vous causeront une fatigue nerveuse.*

LES CIRCONSTANCES. – *Certains, dans votre entourage, manifesteront des variations d'humeur déconcertantes. Gardez sang-froid et équilibre qui vous assureront l'avantage. Vous serez satisfait du résultat à la fois moral et matériel d'une initiative hardie.*

CŒUR ET FOYER. – *Quelques dissonances troubleront la paix familiale. Il s'agira en général de vétilles. Le ciel sourit aux amours raisonnables et aux remariages entre personnes d'âge mûr. Vous serez sujet à des étourderies génératrices d'incidents ménagers ou de quiproquos plus amusants que graves.*

Après cette lecture, je m'assoupis. Lorsque je m'éveillai, il était près de 2 heures du matin, j'avais froid et j'étais anxieux.

Car enfin, n'ayons pas peur des mots, j'avais un peu assommé le père d'Agnès. Certes, un homme de mon âge ne se bat pas sans raison à coups de marteau et pour qu'il se résolve à enfoncer un clou de charpentier dans la tête de son adversaire, il faut que celui-ci lui ait inspiré la crainte et l'irritation les plus vives. J'avais agi sous l'effet de l'agacement et pour la défense d'un idéal. Mais je commençais à craindre la malignité de la police. Si elle découvrait ma venue chez l'incommode vieillard, jamais elle ne croirait à un mouvement désintéressé. La police voit le mal partout. Elle soupçonnerait aussitôt que j'étais venu dans l'intention expresse d'assommer le sinistre marteleur et que j'étais l'auteur d'un crime PRÉMÉDITÉ! D'un ASSASSINAT!...

Jusqu'à présent, la fatigue et les émotions de la journée m'avaient en quelque sorte anesthésié, j'avais agi et pensé dans un état voisin du somnambulisme, sans avoir clairement conscience de la gravité de ma situation.

Dans le train sillonnant une banlieue noirâtre endormie dans sa boue, aux passages à niveau blafards sous le néon, puis sur ce quai de gare parisienne à l'odeur empyreumatique, la peur m'écrasa la poitrine, bloqua le système respiratoire, précipita la chylification, excita les glandes surrénales, accéléra le rythme de la pression artérielle et déconnecta les circuits nerveux.

C'est dans cet état, auquel s'ajoutait une sudation peu appétissante, que je rendis mon billet à un contrôleur qui ne leva pas même le nez pour me regarder et sortit donc tout aussitôt de ma liste des dénonciateurs possibles.

A la sortie de la gare, un problème se posa : devais-je prendre un taxi au risque de me faire dénoncer par le chauffeur ou rentrer à pied au risque d'éveiller les soupçons de Marie-José devant mon retour tardif?

Je me décidai pour le taxi mais en lui indiquant une fausse adresse, point trop éloignée pourtant de mon domicile. J'aurais aimé me concentrer durant le trajet sur les circonstances de mon acte, mes réactions et leurs conséquences. Le chauffeur ne m'en laissa pas le loisir et préféra m'entretenir des « foukis ». (Autant que je pus le comprendre, le « Fouki » était une créature mythique, servant à provoquer les accidents de voitures : « Je roulais à 25 à l'heure en tenant ma droite, quand voilà t'y pas un fouki venant de la gauche... » etc.) Préoccupé comme je l'étais, je ne pus faire croire au chauffeur que je partageais pleinement son indignation quant aux foukis à pied, à cheval et en voiture. Il m'en voulut et j'en fus consterné car ce chauffeur vindicatif habilement cuisiné par un policier retors pouvait me nuire énormément. Je ne lui laissai pourtant pas un pourboire trop considérable afin qu'il ne conservât pas non plus de moi un souvenir trop ému.

Lorsque je regagnai mon domicile, au milieu de l'agitation habituelle de poids lourds et de commissionnaires des halles, il était 3 heures du matin. Je constatai avec soulagement que Marie-José n'était pas encore rentrée, non sans déplorer toutefois que mes conditions de vie ne me permissent point de surveiller la conduite de ma fille avec toute l'attention souhaitable : dieu sait à quelles folies elle avait pu se livrer pour rentrer à 4 heures passées, comme ce fut le cas.

Sitôt couché, je fus pour ma part en proie à une panique animale tenant de la peur du gendarme et de la claustrophobie, partagé entre les tentations de m'enfermer chez moi et de m'enfuir au loin. Mais mon esprit, accoutumé depuis toujours à une sévère discipline, ne toléra pas longtemps cette anarchie de mes pensées, et vers le lever du jour je réussis à m'endormir d'un sommeil dépeuplé de cauchemars. Tout au plus, vers le petit matin, eus-je la vision fugitive et paisible du feu charpentier de marine traversant le fleuve des morts sous le crachin, couché dans une de ses propres maquettes. Le nautonnier des Enfers portait la blouse grise de mon dernier chauffeur de taxi et se plaignait amèrement des foukis tout en enfonçant dans l'eau fuligineuse, à la manière d'une godille, un grand crucifix noir.

*
**

Deux jours plus tard, sortant de la station de métro Palais-Royal aux sons d'une chétive chorale salutiste quêtant pour quelque arbre de Noël, les caractères gras étalés en première page d'un journal du soir accrochèrent mon regard :

EN BRETAGNE
UN ANCIEN CHARPENTIER DE MARINE
EN PROIE AU PALUDISME
SE SUICIDE À COUPS DE MARTEAU
PENDANT UN GRAND PARDON!

Cette information me surprit autant qu'on peut imaginer et me soulagea doublement : à titre personnel, elle me prouvait que la police s'égarait; à titre général, elle prouvait que la situation internationale n'avait pas empiré puisque ce journal du soir n'avait rien de plus important à annoncer à ses trois millions de lecteurs que le prétendu suicide d'un charpentier de marine.

7

Agnès Devillard

Quand on m'a appris la mort de papa, c'est bien simple, je n'ai d'abord pas voulu y croire. Un homme si vivant et qui avait tant de caractère! C'est vrai : les gens timides, et les silencieux, on les imagine morts très facilement; ils ne feront pas beaucoup moins de bruit. Mais papa! Je ne pouvais pas imaginer que je ne l'entendrais plus crier de sa grande voix forte, ni assembler les planches de ses bateaux.

J'ai envoyé tout de suite un pneumatique à M. Lionel. Au fond, c'était bien le seul ami sur qui je pouvais compter. Dans ces cas-là, les collègues de bureau, ils vous font beaucoup de salamalecs, mais avec des regards en dessous, et dès qu'on a le dos tourné, ils chuchotent.

Surtout avec un titre pareil dans le journal, et un suicide. J'ai su par la suite qu'ils ont prétendu que cette histoire de paludisme, c'était pour faire bien, qu'en réalité, papa buvait, qu'il s'était tué dans une crise de délirium! Non! Tout ce qu'ils ont pu dire, j'ose à peine le répéter : qu'il fallait être marteau pour se tuer avec un clou, que c'était bien un suicide d'alcoolique et que, la preuve, les enfants d'alcoolique sont toujours idiots. Des insinuations pareilles sur une orpheline de deux jours, je trouve que c'est abominable.

Heureusement, il y a eu M. Lionel. Il est accouru tout de suite à mon pavillon après avoir reçu mon mot. Parce que, naturellement, je devais partir là-bas, dans le pays de mon père, pour m'occuper des formalités et j'avais demandé une permission au bureau. Je préparais ma valise quand Lionel est arrivé. Il m'a pressé les mains, très fort, et j'ai pleuré sur son épaule.

– Ma pauvre chère Agnès! C'est affreux, c'est affreux! Croyez bien que je suis de tout cœur avec vous!

Puis il me raconta qu'il avait bien remarqué lui aussi le gros titre dans le journal, mais qu'il n'avait pas fait le rapprochement avec papa :

– Si j'avais pu supposer un instant!... Je serais venu tout de suite!

J'ai eu bien des remords de l'avoir espacé. C'est dans ces moments-là qu'on voit ses vrais amis.

– Je ne pouvais pas y croire, reprit Lionel. Vous m'aviez tant parlé de Monsieur votre Père, que j'avais l'impression de le connaître un peu... Mais vous n'avez pas eu d'autres détails? Oh! ne croyez pas que je vous interroge par malsaine curiosité! Je veux dire : le récit du journal était bien exact? C'est un... décès si extraordinaire!

– Il faut avouer que quand il avait ses crises de paludisme, papa était terrible : il tremblait, il se mettait toujours en colère contre quelqu'un ou quelque chose. Cette fois, il a dû se mettre en colère contre lui-même!... C'est horrible!... Le suicide est un péché mortel et j'ai si peur qu'on l'empêche d'avoir un enterrement religieux! Ce n'était pas tellement dans ses idées, mais maman y tenait vous comprenez, et moi aussi, j'y tiens!

– Bien que ne partageant pas toutes vos convictions, comme vous savez, ma chère Agnès, je les respecte. Il est bien normal que vous désiriez donner à Monsieur votre Père des funérailles majestueuses où le bruit sourd du glas rappellera la sonorité de ses activités tandis que la masse sombre du catafalque évoquera ses si imposantes maquettes...

Je me repris à sangloter. Lionel me repressa les mains :

– Allons! Calmez-vous! Rien n'est désespéré, bien au contraire, tous les espoirs vous sont permis si vous êtes en mesure de fournir aux autorités ecclésiastiques un certificat médical précisant qu'au moment de son décès, Monsieur votre Père se trouvait en pleine crise de paludisme et qu'il n'avait pas toute sa tête à lui! Tout s'arrangera très bien.

– Parlez-vous sérieusement?

– Plaisanter en un pareil moment sur un pareil sujet ma chère Agnès, m'en croyez-vous capable?

– Oh! mon cher Lionel! Je voulais simplement dire : êtes-vous certain, au sujet de ce certificat?

– Absolument. Mais vous-même, êtes-vous certaine de pouvoir l'obtenir?

– Je ne comprends pas.

– Je suppose que l'enquête n'est pas terminée... On vous interrogera... Vous aurez sans doute affaire au médecin de l'état civil... Que répondrez-vous, s'il affirme que cet accès de paludisme n'était pas suffisant pour que Monsieur votre Père perdît tout contrôle de lui-même au point de se livrer à un acte d'autodestruction aussi étrange?

– Mais... je ne sais pas!

– Si, vous le savez! Vous me l'avez dit, il y a deux minutes! Vous répondrez que ses crises de paludisme mettaient Monsieur votre Père dans un état épouvantable, qu'elles provoquaient toujours des fureurs indescriptibles où sombrait sa raison et au cours desquelles il se livrait aux actes les plus démentiels!

– Je n'ai pas dit ça! C'est très exagéré! Je ne peux pas raconter des choses pareilles!

– Bien. En ce cas, le médecin déclarera que Monsieur votre Père avait pleine conscience de ses actes...

et les autorités religieuses devront bien constater le péché mortel.

– Alors, il faudra que je mente?

– Mais non : que vous forciez légèrement la vérité! Songez que ce sera pour une bonne cause... Pour *son* bien!...

– De ce point de vue-là, évidemment, je crois que vous avez raison...

– Ma chère Agnès, je suis un homme d'expérience. D'autre part, vous connaissez les sentiments que je vous porte. Dans ces conditions, voudrais-je même vous donner un conseil contraire à vos intérêts et à vos principes que je ne le pourrais pas.

– Ça me fait du bien de vous voir près de moi; de pleurer, de me laisser aller...

– Laissez-vous aller, mon petit, laissez-vous aller! Il faut savoir parfois se détendre les nerfs. On se sent tellement mieux après, vous verrez!

– Vous êtes si réconfortant, Lionel; si rassurant...

– C'est la moindre des choses.

– Et même... si j'osais...

– Oui?

– Je sais que vous avez beaucoup de travail à Paris, mais... Je vais être si seule pendant ce voyage!... Et là-bas, je vais me sentir un peu perdue entre le médecin, le certificat et le curé, j'ai peur de dire des bêtises... Et à l'enterrement, il y aura si peu de monde : papa n'avait pas d'amis et moi, je n'ai pas de famille! Ça va être si triste!

– Je comprends, Agnès. Vous voudriez que je vous accompagne là-bas?

– Oh, Lionel! Si c'était possible!...

– Certes, Agnès, ce serait possible. N'écoutant que moi et mes sentiments, je partirais sans balancer. Mais il y a *vous*!...

– Moi?

– Votre réputation. Croyez-vous qu'il serait souhaitable que l'on vous vît en compagnie d'un homme? Vous savez comment sont les gens... En province, les langues vont bon train.

– Oh, ça, oui! C'est comme au bureau!

– Que n'irait-on pas imaginer en nous voyant ensemble! Que ne clabauderait-on pas sur vous!

– Ah, la, la!... C'est pourtant vrai!

– C'est pourquoi, malgré tout le désir que j'en ai, il me semble plus prudent pour vous de ne pas vous accompagner. Une femme est trop facilement compromise.

Je fus très touchée de sa délicatesse. Bien des hommes ne l'auraient pas eue.

– Et même, ajouta-t-il, à votre place, ma chère Agnès, je ne dirais à personne là-bas que vous me connaissez.

– Non? Mais qui voulez-vous qui me le demande?

– On ne sait jamais. Comme ça, dans la conversation. Vous savez les commentaires que peut provoquer le malheureux incident survenu à Monsieur votre Père. Vous savez à quel point l'Eglise sera susceptible sur ce chapitre! Si vous dites que vous avez une relation masculine à Paris, un simple curé de campagne, n'ayant guère le sens des nuances, en conclura, dans la naïveté de son âme, que vous aviez un amant.

– Oh!

– Ce qui ne l'inclinera pas à l'indulgence, et risquera même de l'indisposer fâcheusement envers vous-même et Monsieur votre Père!

– C'est encore vrai! Comment faites-vous, Lionel, pour penser à tout?

– La discipline scientifique : elle habitue à imaginer d'un coup toutes les hypothèses découlant d'un état de fait. Cette discipline peut se montrer fort utile dans des circonstances moins scientifiques comme vous voyez...

⁂

Eh bien, il avait raison sur toute la ligne, M. Lionel.

J'ai eu bien des émotions en arrivant chez papa.

D'abord à cause de papa lui-même, naturellement, ensuite parce que la police était là –, et enfin parce qu'il me restait plus de famille que je ne croyais.

C'est la police qui m'a ouvert la porte. On ne l'aurait pas pensé, d'ailleurs, à première vue : un homme bien habillé, tout à fait correct, bien élevé et parlant très poliment.

– Madame Devillard, je suppose. Inspecteur Champorel. Je vous présente toutes mes condoléances.

– Merci, monsieur, vous êtes bien aimable.

L'inspecteur Champorel était tout rond avec une grosse tête, un grand front bombé et un profil tout en zigzag : le nez d'un côté, la bouche de l'autre et le menton d'un troisième.

– En vertu d'une commission rogatoire délivrée par le juge d'instruction de Saint-Brieuc au commissaire principal Ruchelien, le commissaire m'a envoyé enquêter sur place, dit-il. Ne vous inquiétez pas, c'est toujours l'usage d'enquêter après un décès ne paraissant pas dû à des causes parfaitement naturelles, ce qui a semblé être le cas à la gendarmerie locale et au médecin. D'après le Dr Hubelot, réquisitionné par la gendarmerie dès après la découverte du corps de votre père, les causes de ce décès ne nous semblent pas encore très clairement établies.

– Ah, non? Mais on disait dans le journal...

(Je me faisais du souci parce qu'on disait dans le journal que papa avait eu une crise de paludisme. Si la police se mettait à prouver le contraire, c'était la mort de l'enterrement religieux.)

– Dieu sait si je ne veux pas médire de la presse,

répondit l'inspecteur, mais en l'espèce il est possible que le correspondant de ce journal ait conclu un peu légèrement.

L'inspecteur baissa la voix :

– Voulez-vous *le* voir?

Je crus sur l'instant qu'il s'agissait du correspondant, mais l'inspecteur désignait la porte de la chambre de papa.

– Bien sûr, dis-je.

Puis je me mis à pousser un cri : la poignée de la porte tournait.

L'inspecteur me demanda en sursautant ce que j'avais. Je fus seulement capable d'allonger le bras : je ne pouvais prononcer un mot, j'étais toute retournée : la porte s'entrouvrait!

– Ah! s'écria l'inspecteur, en frappant son grand front. Suis-je bête! J'avais oublié de vous prévenir! Vous vous connaissez, je crois?

Au même instant, un jeune homme sortait de la chambre de papa. Il avait des cheveux blonds et des yeux clairs. Et en effet, nous nous connaissions mais pas beaucoup. C'était un petit-cousin de Jacques, mon ex-mari. Je l'avais vu à mon mariage, puis de loin en loin. Après mon divorce, je ne l'avais plus revu du tout.

– Cousin Francis! m'écriai-je, comment allez-vous?

– Cousine Agnès! (Il m'embrassa trois fois sur les deux joues.) C'est à vous qu'il faut demander ça! (Il n'était pas en noir, mais il portait un complet sombre très élégant.) C'est un affreux malheur mais il faut réagir. Je suis de tout cœur avec vous!

– C'est si gentil! Mais comment êtes-vous ici?

– Mais parce que je suis également un petit-cousin de votre père!

– Ah! s'exclama l'inspecteur qui nous avait regardés avec une sorte d'attendrissement, c'est étonnant ces cousinages à la mode de Bretagne! Avant d'être nommé à Saint-Brieuc, je pensais que c'était une simple façon de parler, mais je m'aperçois que cela correspond à une réalité concrète. Ainsi vous-même, madame, votre ex-mari, feu votre père et monsieur ici présent, vous êtes tous cousins?

– C'est-à-dire, expliqua Francis, que je suis un cousin de Jacques qui était lui-même un petit-cousin de M. Gaëlen, feu le père de madame, ce qui fait que je suis tout naturellement moi-même un petit-petit-cousin de M. Gaëlen. Vous comprenez?

– Bien entendu, dit l'inspecteur qui n'en avait pas tellement l'air.

– Et comme Jacques était un petit-cousin de papa (lui expliquai-je à mon tour pour lui fixer les idées), c'était aussi un petit-petit-cousin à moi. C'est d'ailleurs ainsi que je l'ai connu et épousé. Et comme Francis est cousin de Jacques, je suis évidemment sa petite-petite-petite-cousine.

– Evidemment, dit l'inspecteur. Ces questions de parenté semblent à première vue très compliquées, mais dans la réalité concrète, c'est très simple.

– D'autant plus qu'en ce qui concerne notre famille, dit cousin Francis, nous ne restons plus que tous les quatre, Jacques, Agnès, moi et... lui (il désignait la porte de la chambre). Enfin veux-je dire, rectifia-t-il précipitamment, nous ne restons que tous les trois.

Là-dessus, je me mis à pleurer et j'allai dans la chambre de papa : j'étais si retournée que j'avais failli l'oublier!

Je ne peux pas décrire mon impression à le voir ainsi étendu sur son lit. C'est la première fois, je crois bien, que je le voyais immobile, silencieux et souriant, pauvre papa!

Je pleurai au pied du lit, puis Francis vint me prendre par les épaules et je sanglotai contre sa poitrine. Il sentait la lavande.

– Ça me fait du bien de vous voir près de moi, dis-je.

– C'est bien naturel, dit-il doucement en m'entraînant hors de la chambre. Je me trouvais en tournée d'inspection à Rennes quand j'ai appris l'affreux malheur. J'ai tout de suite pensé à vous et je suis accouru.

Je fus très touchée de sa délicatesse; combien d'hommes en auraient été capables à sa place?

– Je suppose que Jacques va venir, ajouta-t-il, avec un peu de gêne.

– Peut-être, dis-je, mais je ne tiens pas à le revoir. Après tout ce qu'il m'a fait!

– Jacques n'est pas méchant, vous savez. Il a même bon cœur, seulement il ne sait pas rester en place.

– Me quitter pour une autre, c'était déjà pas très propre. Il veut divorcer, je refuse à cause de mes scrupules religieux, mais j'accepte la séparation de corps. En remerciement, quatre ans après, sans même me prévenir, il la fait transformer en divorce! Vous trouvez ça joli, vous?

– J'ai beaucoup blâmé Jacques, à l'époque. Abandonner une jeune femme telle que vous, douce et jolie, c'était plus qu'un crime, c'était une faute. D'autant plus qu'il ne s'est pas remarié...

– Et le tribunal qui a prononcé le divorce? Sans même me demander mon avis! C'est ça, la justice! Les lois sont faites par des fripouilles pour les crapules, je m'excuse du terme!

A ce moment, l'inspecteur Champorel toussota :

– Pardonnez-moi de troubler votre entretien, mais j'ai une enquête à faire et l'heure tourne.

– Bien sûr, dit cousin Francis. Mais je n'avais pas revu cousine Agnès depuis si longtemps, depuis son mariage avec cousin Jacques, que cette rencontre à l'occasion du décès de cousin Gaëlen...

– Je ne vous reproche rien, dit l'inspecteur en s'épongeant le front.

Il avait l'air un peu fatigué. Il se tourna vers Francis :

– Je vous demanderais, monsieur, monsieur comment, déjà?

– Pontrieux.

– Excusez-moi, je n'ai pas la mémoire des noms. Je vous demanderai, monsieur Pontrieux, d'aller chercher le Dr Hubelot, comme convenu tout à l'heure. Vous avez noté l'adresse? Bon. Vous l'y trouverez sûrement; on l'a prévenu de se tenir à ma disposition cet après-midi.

– J'en ai pour une minute, inspecteur, dit cousin Francis.

En sortant, il m'adressa un sourire à la fois grave et lumineux qui me fit chaud au cœur. Il ressemblait un peu à mon ex-mari, avec à la fois plus de charme et de sérieux.

– En attendant son retour avec le docteur, dit l'inspecteur, je vais vous faire l'historique des événements.

– Oh! ne vous dérangez pas, dis-je, je l'ai lu dans le journal.

– Alors! Si ça ne vous intéresse pas!... (Malgré sa bonne grosse tête, il semblait assez susceptible.)

– Mais si, voyons! Vous pensez! Pauvre papa!... Ce sont les voisins, je crois, qui...

– Parfaitement. Ils se sont inquiétés en n'entendant plus de coups de marteau. Le même phénomène s'est produit à la fin de la Première Guerre mondiale, au moment de l'armistice : des soldats du front, habitués au bruit incessant du canon, ont été *réveillés par le silence*! Curieux, hein?

– Pourquoi? Le silence fait du bruit! Quand je suis toute seule dans mon pavillon et que mes deux chats sont endormis, j'entends tellement rien que j'ai les oreilles qui sifflent!

– Oui, dit-il en me regardant avec attention, mais l'air de plus en plus fatigué. Enfin bref, les voisins ont alerté le procureur de la République, qui a alerté le juge d'instruction, qui a alerté le commissaire Ruchelin, qui m'a alerté moi-même, et me voici.

– Je suis confuse qu'on ait dérangé tant de monde, et vous avez oublié le journaliste.

– Nous nous serions fort bien passés du journaliste. Par contre, j'ai oublié de mentionner le Dr Hubelot, que nous allons voir et qui nous a apporté un très précieux concours en procédant au premier examen du corps de votre père. Il était tombé ici.

Il désignait un endroit par terre, derrière moi. Je me retournai et poussai un cri en sursautant : la silhouette d'un corps étendu était dessinée à la craie sur le sol, juste au pied d'une maquette en cours de construction. La dernière maquette de papa. Je me remis à sangloter.

– Allons, allons! fit l'inspecteur, en me tapotant le dos.

Mais il ne sentait pas la lavande, il sentait le tabac fort et je ravalai mes larmes.

Là-dessus, le docteur revint avec Francis.

– Je vous remercie d'avoir bien voulu répondre à mon appel, docteur, dit l'inspecteur. Mais l'heure s'avance et je voudrais bien que mon enquête en fasse autant. Je suppose que vous avez fait en route connaissance avec M. Pontrieux. Je vous présente la fille du défunt.

– Veuillez agréer, madame, mes hommages et mes condoléances, dit le Dr Hubelot qui était tout petit, tout chauve, avec un gros nez, de grosses lèvres et de tout petits yeux derrière des lunettes de myope.

– Enchantée, docteur, moi de même, lui répondis-je.

Le docteur parut impressionné par la politesse de ma réponse et me regarda avec intérêt.

– A nous trois, dit l'inspecteur, j'espère que nous

pourrons faire la lumière sur cette affaire, obtenir des résultats concrets et parvenir à une conclusion définitive. Je m'excuse à l'avance, madame, de devoir évoquer certains détails qui aviveront votre chagrin, mais il faut penser aux intérêts supérieurs de la justice et au respect de la loi qui n'est pas toujours faite par des fripouilles à l'usage des crapules.

Il me regardait fixement et je commençais à me demander si je n'avais pas du noir sur le nez, quand il reprit :

– Madame, réfléchissez bien : ne connaissez-vous personne qui, par intérêt ou par haine, aurait été susceptible de provoquer la mort de votre père?

– Quelqu'un qui aurait pu tuer papa?

– Oui. Encore une fois, réfléchissez bien. Prenez votre temps.

Je réfléchis de toutes mes forces, puis soudain je relevai la tête :

– Peut-être bien que je connais quelqu'un...

– Oui?... eh bien, qui?

– C'est délicat d'accuser sans preuves!

– Ne craignez rien : les erreurs judiciaires sont rares; nous vérifierons. Il s'agit simplement de nous mettre sur une piste. Alors, qui?

– La bonne de papa, qui l'a quitté. Il m'a écrit lui-même qu'elle ne pouvait plus le supporter. Ils se disputaient tout le temps.

L'inspecteur haussa les épaules et secoua la tête :

– Nous avons déjà vérifié. Les premiers soupçonnés dans ce genre d'affaire sont les domestiques congédiés. Mais celle-ci a pu prouver qu'elle assistait au pardon au moment où votre père trouvait la mort. D'ailleurs, elle a soixante-dix ans, mesure un mètre cinquante! Il aurait fallu qu'elle monte sur un escabeau pour que ses coups de marteau puissent...

Il s'arrêta net et toussota. Je me remis à sanglo-ter.

– De plus, ajouta précipitamment le Dr Hubelot

pour dissiper l'impression pénible, elle était maigre comme un clou!

Il s'arrêta net à son tour et se mit à essuyer furieusement ses verres de lunettes. Cousin Francis me tapota l'épaule et je retrouvai avec plaisir l'odeur de lavande.

– Bref, dit l'inspecteur, s'il s'agit d'un meurtre, le coupable ne saurait être une vieille femme aussi frêle. Il ne pourrait s'agir que d'un homme dans la force de l'âge et de même corpulence que votre père.

Cette question de corpulence me fit penser au pull-over que je tricotais pour papa à Athis et que j'avais fait essayer par Lionel puisqu'ils étaient à peu près de la même taille tous les deux. Jamais papa ne le mettrait, son pull-over! Et il était presque fini!... Je sanglotai encore plus et me blottis contre la poitrine de Francis. Il avait une jolie cravate de soie bordeaux qui allait bien avec son gilet de daim vert foncé.

– Bien, soupira l'inspecteur; puisque vous ne voyez personne, abandonnons cette question, et voyons l'autre face du problème : à votre avis, votre père avait-il une raison précise pour mettre fin à ses jours? D'après les lettres qu'il vous envoyait, par exemple?

– Aucune raison! Au contraire : il devait venir habiter avec moi dans mon pavillon d'Athis!

– Tiens! Voilà un élément intéressant! (Il se tourna vers le docteur :) Il n'est pas d'usage qu'une personne se donne la mort tout en faisant des projets d'avenir!

– Ce n'est pas l'usage, mais cela arrive, répondit le docteur. Les mœurs des désespérés sont extrêmement capricieuses.

Il me sembla que l'inspecteur regardait le docteur de travers avant de se retourner vers moi :

– Et vous ne connaissez personne que ce projet de votre père aurait pu contrarier?

– Oh, non! Qui voulez-vous?

– Quelqu'un partageant déjà ce pavillon avec vous?

– Je vis toute seule dans mon pavillon.

– Ou quelqu'un espérant le partager... Vous n'êtes pas fiancée?

Là, je me rappelai brusquement ce que Lionel m'avait recommandé! Et il avait raison : ils essayaient de me faire dire que j'avais une fréquentation, ils mettraient le curé au courant et ce serait la croix et la bannière pour obtenir mon enterrement religieux.

– Je ne suis fiancée à personne, je ne fréquente personne et je suis entièrement libre, dis-je fermement.

Je lançai un petit coup d'œil vers cousin Francis et j'eus l'impression que ma réponse lui faisait plaisir. Et moi, je me sentis heureuse qu'elle lui fasse plaisir.

Le docteur intervint :

– De toute façon, je ne vois pas quelqu'un se transformer en assassin dans l'unique but de partager un pavillon. Je sais bien qu'il y a une crise du logement en France, mais tout de même! On ne tue pas pour ça!

– Ça ne tient pas debout, appuya cousin Francis.

– On a tué pour beaucoup moins! fit l'inspecteur d'un ton vexé. Lisez les faits divers. On s'imagine que les gens tuent toujours pour des fortunes! La réalité concrète montre que les gens tuent pour n'importe quoi!

– J'ai lu beaucoup de romans, dis-je; les gens tuent toujours pour hériter ou par jalousie. Personne ne pouvait être jaloux de papa.

– Et quant à l'héritage, dit cousin Francis, n'en parlons pas : cousin Gaëlen vivait d'une retraite qui s'est éteinte avec lui. Même ce logement, il ne l'occupait qu'en viager. Cousine Agnès héritera seulement de ces espèces de maquettes abom... qui sont d'ailleurs très jolies! acheva-t-il après m'avoir regardée.

L'inspecteur soupira une fois de plus. (Il paraissait d'un naturel très soupirateur) :

– En conclusion, madame, vous ne désirez pas porter plainte contre X... pour assassinat?

– Contre X...? Qui est X...?

– Nous n'en avons malheureusement pas la moindre idée.

– Il n'y a peut-être même pas de X... du tout, ajouta le docteur.

– Je ne porterai jamais plainte contre quelqu'un que non seulement je ne connais pas, mais qui encore n'existe pas! dis-je avec indignation (Ils me prenaient pour une idiote!)

– Dans ce cas, il ne reste plus que la thèse du suicide, dit l'inspecteur. Les cas de suicide sont toujours relativement complexes et la réalité la plus concrète...

– ... dépasse la fiction la plus abstraite, termina le docteur.

L'inspecteur lui lança un regard dépourvu d'indemnité :

– Docteur, vous sentez-vous en mesure de soutenir qu'un homme ait pu mettre fin à ses jours d'une manière aussi extraordinaire? On ne se tue pas comme ça!

– On s'est tué de manière plus extraordinaire encore! Etudiez la question. On s'imagine que les gens se suicident toujours de la façon la plus banale : gaz, eau, corde, tour Eiffel! En fait, ils font souvent preuve d'une invention stupéfiante! Et savez-vous ce qu'on a remarqué de plus curieux? *Les travailleurs manuels se suicident le plus souvent à l'aide de leur instrument de travail.* Les annales du suicide international fourmillent d'exemple! Au XIXe siècle, un chapelier se suicida en s'enfonçant un de ses chapeaux (ils étaient très hauts, à cette époque) jusqu'au menton; il périt étouffé. De nos jours, un cordonnier tenta de se donner la mort en avalant une poignée de petites pointes à ressemeler; on le sauva. Aux Etats-Unis, un bûcheron se fendit le crâne à coups de hâche. Et, écoutez-moi bien, un charpentier français (ou belge) tenta de se tuer en s'enfonçant un clou à coups de marteau au sommet du crâne. Le clou, bien que très long, n'atteignit aucun centre cervical important et notre homme, découragé devant l'inanité de ses efforts, se rendit à l'hôpital avec son clou sur la tête. On le lui retira et il rentra chez lui, tout gaillard (1). Eh bien, qu'en dites-vous?

Personne n'en disait rien : Francis et l'inspecteur grinçaient des dents comme si on leur avait fait déchirer un morceau de soie avec un ongle cassé; moi, j'étais accablée d'horreur.

– C'est effroyable, je sais, reprit le docteur (qui ne paraissait pourtant pas très effrayé), mais c'est comme ça. Dans le cas présent, d'après moi, les choses se sont passées ainsi : le sujet se trouvait à son établi en train de travailler à ceci qui représente, si je ne m'abuse, une pinasse arcachonnaise ou un boutre d'Arabie, lorsqu'il fut saisi d'un accès de fièvre extrêmement violent. Par quoi fut favorisé cet accès paludéen, nous n'en savons rien : le sujet fut-il irrité par le bruit des cloches, ou déprimé par l'aspect que prenait sa pinasse arcachonnaise et en proie au désarroi du créateur aux prises avec une création rebelle? Mystère. Toujours est-il qu'il fut irrité par quelque chose, que la crise de paludisme latente se déclencha, provoquant un état fébrile et vraisemblablement de violentes céphalées...

(1) L'auteur tient à préciser que tous ces exemples sont *rigoureusement* authentiques.

– De violentes quoi? demandai-je.

– Des maux de tête. Ceux-ci engendrèrent eux-mêmes chez le sujet, ainsi qu'il est fréquent, une espèce de fureur autodestructrice, au cours de laquelle, il se frappa lui-même. Ce qui explique les ecchymoses rapprochées sur la face pariétale droite du crâne, c'est-à-dire la face antérieure. Or, vous n'ignorez pas, inspecteur, que dans les cas de suicide, les blessures se trouvent en général sur les parties antérieures du corps, alors qu'en cas de crime, elles se trouvent sur les parties postérieures : nuque, dos, épaules ou occiput. Dans le cas présent, il était tout naturel que le sujet, droitier, se frappât la face pariétale droite. C'est ce que nous aurions tous fait à sa place. Bien. Ces frappements entraînèrent une chute à l'endroit marqué ici à la craie, la tête reposant sur le sol par son profil gauche. Cet enchaînement de réactions n'ayant point calmé les céphalées mais les ayant plutôt aggravées, le sujet mit fin à ses douleurs avec les objets qu'il avait à portée de la main et d'un geste dont il était coutumier : de la main droite qui tenait le marteau, il s'encloua la tempe gauche. Un coup si net ne peut qu'être le fait d'un homme du métier. En cas de crime, nous aurions eu des blessures largement éparpillées. Voilà quel fut d'après moi le processus du décès, et je n'arrive pas à y trouver quoi que ce soit d'absolument extraordinaire. Alors que si vous voulez l'expliquer par un crime, plus rien ne tient et vous vous heurtez à des montagnes d'invraisemblance.

Le docteur se tut et il y eut un grand silence. Cousin Francis m'avait pris les mains et les serrait très fort. L'inspecteur hochait la tête en regardant ses chaussures.

– Evidemment, docteur, dit-il, votre démonstration se tient. Pourtant, j'y vois encore deux objections : une sans grande portée et une autre beaucoup plus grave. Commençons par la plus légère : en cas de suicide, il est fréquent que le désespéré laisse une lettre...

– En cas de suicide « prémédité », si j'ose dire, pas dans ce genre de suicide en état de crise.

– C'est précisément là où je voulais en venir, docteur. Croyez-vous vraiment qu'un accès de paludisme ait pu déterminer un tel paroxysme d'autodestruction?

– Je vous répondrai qu'en médecine comme en criminologie et en politique, « il n'y a pas de règles, il n'y a que des situations ». Bien sûr, en principe, les crises de paludisme ne provoquent heureusement pas de tels excès. Mais l'expérience m'a appris que tout dépend des sujets. Et là, madame pourra sans doute nous éclairer mieux que moi. Les accès de paludisme de votre père étaient-ils généralement bénins ou aigus?

Pour ça, la réponse était facile et je pensai avec reconnaissance à Lionel :

– Elles étaient terribles, dis-je.

– Tiens! dit cousin Francis, quand je connaissais cousin Gaëlen ce n'était pas à ce point!

Je fus toute surprise moi-même de ma présence d'esprit :

– Vous ne l'avez pas vu depuis des années, dis-je; ces derniers mois les crises rendaient papa comme fou.

– Ce n'est pas exactement ce qu'a dit la servante congédiée, remarqua l'inspecteur.

– La servante congédiée, déclara le docteur, a dit très exactement qu'elle était incapable de donner des précisions là-dessus, M. Gaëlen se trouvant à son avis en état de crise vingt-quatre heures sur vingt-quatre.

– Et quand il avait ses accès de fièvre, insistai-je, papa ne savait plus du tout ce qu'il faisait!

– Parfait, dit l'inspecteur, devant la vigueur de

tant de témoignages, je ne puis que m'incliner. La cause est entendue...

⁂

Effectivement, la cause était entendue : le Dr Hubelot m'a fait un certificat pour affirmer que papa n'avait pas sa tête à lui quand il a frappé dessus et j'ai pu obtenir l'enterrement religieux, à mon grand bonheur.

Cousin Francis me fut d'un très grand soutien pendant cette triste cérémonie et il fit tout ce qu'il put pour me distraire et m'empêcher de trop cafarder. Il me parlait de son travail : il était ingénieur-commercial à la Compagnie Electro-France qui fabriquait des calculateurs électroniques et des machines à écrire électriques. Je lui parlais moi aussi de mon travail et de mon appareil Photomaton qui fonctionnait tout seul également.

Pendant qu'il parlait, je le regardais et décidément j'aimais beaucoup ses cheveux blonds, ses yeux bleus très clairs et pas du tout bilieux, et son sourire. Surtout son sourire. Evidemment, il ne souriait pas énormément puisqu'on était à un enterrement, mais il avait une expression ouverte et avenante où le sourire apparaissait presque naturellement. Et il n'était pas nerveux du tout et il n'avait pas une seule ride entre les sourcils.

En sortant du cimetière, j'étais bien triste à l'idée de voir papa rester là et Francis partir, mais il me prit le bras en disant :

– Il n'est pas question de vous laisser rentrer toute seule à Paris par le train après tant d'émotions, cousine Agnès! Vous broieriez du noir et vous arriveriez dans un bel état! Je vous ramène en voiture. Je dois repasser par Rennes pour mes affaires, mais je pense que vous n'êtes pas à un jour près?

– Oh, non! dis-je. Nous sommes vendredi, et pourvu que je sois à mon travail lundi matin, c'est le principal.

J'étais très heureuse qu'on ne se quitte pas encore et je suis donc montée à côté de lui dans sa Dauphine. En m'asseyant, j'ai croisé les jambes et j'ai eu l'impression qu'il leur jetait un petit coup d'œil, ce qui m'a fait assez plaisir car il y avait bien longtemps qu'on ne les avait pas regardées, mes jambes.

Il s'aperçut bien que je m'en étais aperçue, car il dit en souriant (toujours son sourire) :

– « Le voile noir des jeunes veuves est un déjeuner de soleil. »

Je ne compris pas très bien, d'autant plus que je n'étais pas veuve mais orpheline, mais du ton dont il le disait, c'était sûrement une gentillesse et je lui rendis son sourire :

– Vous savez, ajouta-t-il, j'habite Paris. Nous devrions nous revoir plus souvent, cousine Agnès!

Je répondis que ce serait avec grand plaisir et c'était vrai.

Jusqu'à Rennes, nous avons bavardé très agréablement. Il avait une conversation très intéressante et il ne parlait jamais de l'Egypte ni de hiéroglyphes.

Nous sommes arrivés à Rennes dans la soirée et il m'a loué une chambre dans le même hôtel que lui. Je me suis couchée très tôt et j'étais si brisée par toutes ces émotions que j'ai dormi tout de suite.

Le lendemain matin, Francis me laissa toute seule pour s'occuper de ses affaires. (Il inspectait les jeunes ingénieurs commerciaux de province.) Et toute seule dans cette ville inconnue, je commençai à repenser à papa et à cafarder. Pour me changer les idées, j'achetai le magazine où j'avais l'habitude de lire mon horoscope. Je crois beaucoup aux signes du Zodiaque et cette semaine-là, voici ce que disait mon horoscope.

VOTRE AMBIANCE. – *Voici une bonne semaine où vous vous sentirez en possession de vos moyens, avec un besoin d'activité physique. A cet égard, profitez d'un bon week-end.*

LES CIRCONSTANCES. – *Incidents divers mais à petite échelle. Vous réussirez vite et bien ce que vous entreprendrez. Cantonnez-vous dans l'immédiat. Les réalisations à longue échéance gagneront à être différées.*

CŒUR ET FOYER. – *Un événement de famille marquera la semaine. Les amours romantiques existent encore, surtout pour votre signe. Naissance d'une tendre idylle.*

Tout cela me réconforta un peu, et surtout le déjeuner en compagnie de Francis dans un bon restaurant. Mais l'après-midi, il me laissa encore toute seule pour aller inspecter quelque chose et je me remis à repenser à papa et à recafarder. Lorsqu'il monta me chercher dans ma chambre, comme convenu, pour m'emmener dîner, il remarqua mes yeux rougis :

– Agnès, ce n'est pas raisonnable! Vous avez encore pleuré! Songez que votre père est maintenant près du bon Dieu et qu'il est plus heureux que nous! Il faut réagir! Avoir le courage de vous distraire de votre chagrin! Voyons, voulez-vous que je vous emmène au cinéma?

Là, je fus réellement choquée : je n'allais pas aller au cinéma le lendemain de la mort de papa!

– On donne le *Dialogue des Carmélites,* dit-il. Ce ne doit pas être frivole, vous savez!

– De toute façon, c'est un spectacle! répétai-je avec obstination. Je ne vais pas aller au spectacle le lendemain de la mort de papa!

Je me repris à sangloter. Francis m'entoura les épaules de son bras en me tamponnant les yeux avec son mouchoir qui sentait si bon la lavande et en murmurant doucement :

– Allons, voyons! Calmez-vous, Agnès... Là, là, c'est fini...

Et je me retrouvai assise contre lui sur le lit et puis peu à peu, je ne sais pas exactement comment, il m'embrassa sur les lèvres et je l'embrassai aussi.

Et je me retrouvai étendue contre lui, et, toujours peu à peu et sans savoir comment... Oh! il y avait si longtemps! Si longtemps!...

Evidemment, le lendemain de la mort de papa, je ne sais pas si c'était très convenable. Mais je ne crois pas que c'était très mal non plus : ça, au moins, ce n'était pas un spectacle.

8

Lionel Fribourg

Je déteste l'humour noir et tout ce vilain procédé consistant à jouir du sang, des larmes, de la souffrance ou de la mort d'autrui avec une ironie suffisante et sans risque.

La vie à l'état brut n'est déjà que trop prodigue de cette noirceur goguenarde pour que des plumitifs viennent encore y rajouter artificiellement en fignolant avec une complaisance maniaque des phrases corrosives dans la quiétude de leur cabinet de travail.

La douleur des hommes exige un autre respect. Il convient de laisser à la seule providence le manque de cœur et les fautes de goût.

Tout cela pour dire que lorsque je demandai à Agnès si l'enquête à propos de la mort de son père n'avait pas été trop pénible pour elle et si elle avait obtenu l'enterrement religieux de ses rêves, il n'entrait dans mes questions nul sarcasme ésotérique, nulle délectation intime.

La seule délectation me fut procurée par le récit d'Agnès concernant les conclusions du médecin : j'ai toujours estimé satisfaisant pour l'esprit que des hommes intelligents et savants dans leur art parviennent à des conclusions absolument fausses par des raisonnements rigoureusement logiques.

Je retrouvai Agnès moins abattue que je n'avais

craint. Elle semblait même plus animée qu'avant son départ : le teint plus vif, l'œil plus brillant, la lèvre plus rose. On eût dit d'une fleur longtemps exposée à la sécheresse et brusquement revivifiée d'un coup d'arrosoir.

Je vis là un heureux effet de l'air si sain de la Bretagne et, singulièrement, des effluves iodés de Saint-Gildas-de-Plougoat-Kérénec qui m'avaient fait beaucoup de bien à moi aussi. Mais, précisément, connaissant par moi-même les ténébreux méandres de l'âme humaine la plus pure, je ne fus pas long à conclure que la transformation d'Agnès était due à une autre cause qu'elle ne pouvait me confier : inconsciemment, le soulagement d'être enfin délivrée d'un père tyrannique, la joie de pouvoir disposer désormais sans entraves de son avenir et de son pavillon, le disputaient à un chagrin bien légitime.

Je la retrouvai donc, le lundi soir à la station Etoile, presque pimpante malgré ses vêtements noirs et ayant, selon toute apparence, résisté vaillamment aux fatigues du voyage.

En ce qui me concerne j'étais dans une forme beaucoup moins éblouissante et même d'assez mauvaise humeur. En effet, nous étions convenus avant son départ qu'Agnès serait de retour le dimanche après-midi et que je pourrais lui rendre visite. Or, elle n'était rentrée que le dimanche dans la nuit et j'étais venu sonner vainement à la grille du pavillon. J'avais été d'autant plus irrité de ce contretemps qu'afin de me conduire avec délicatesse et ne point troubler son chagrin par une conversation frivole, j'avais apporté une serviette bourrée de documents à déchiffrer et à mettre au net. Je m'attendais donc à passer un après-midi studieux et recueilli à travailler au calme, bercé par les larmes discrètes d'Agnès et les éternuements étouffés de « Kaki ». Au lieu de quoi j'avais perdu un temps précieux à me rendre à l'évidence : Agnès n'était pas encore rentrée,

« Kaki » et « Ma Laideur » étaient toujours en pension chez une commerçante voisine. Et j'en avais été réduit à reprendre le train avec ma serviette inutile et pesante.

En traversant les Tuileries toujours enneigées, ce lundi soir, je le fis remarquer à Agnès avec précautions. Elle me répondit qu'elle en était désolée, mais qu'elle avait dû demeurer absente plus longtemps en raison de certaines complications successorales à régler avec un cousin de son père.

Elle me parla de cet unique parent avec une indifférence et une brièveté qui me rassurèrent; j'avais craint un instant que ces complications successorales ne concernassent, d'une façon ou d'une autre, notre pavillon. Par quelques questions judicieusement posées, j'acquis la certitude qu'il n'en était rien.

Quelque peu grisé par cette certitude, je ne pus alors m'empêcher de me livrer à des allusions feutrées sur nos fiançailles et sur la date possible de notre mariage.

C'était prématuré. Dans son langage simple, parfois naïf, mais toujours émouvant de fraîcheur, Agnès me répondit qu'il n'était pas convenable de reparler si tôt de ces choses, qu'il lui fallait d'abord garder le deuil pendant une durée décente, après quoi nous pourrions songer à donner suite à nos projets.

J'avoue que ma déception fut rude. Je m'étais, pendant toute la fin de la semaine, formé une image idyllique du retour d'Agnès : je l'aidais à supporter son chagrin, apportais de plus en plus régulièrement de travail au pavillon. Ma vision préférée (celle sur laquelle je me concentrais lorsqu'une peur panique et soudaine de la police me sautait à la gorge) était le déménagement des maquettes de feu l'enfonceur de clous; je les descendais une à une à la cave sous prétexte qu'elles s'y conserveraient mieux et finissais par y mettre le feu à l'aide des bidons d'essence et des vieux chiffons. La flamme imaginaire me réchauffait le cœur, chassait l'angoisse et illuminait mes insomnies... Hélas, il fallait en rabattre et cet autodafé n'était pas pour demain. Avec un peu plus de réflexion et de psychologie, j'aurais pu m'y attendre : connaissant Agnès, ses convictions religieuses, sa stricte moralité, il était à prévoir qu'elle observerait avec toute la rigueur possible, la durée de son deuil.

Cette durée de deuil fut pour moi un temps mort, si j'ose ainsi dire. Il me vint souvent à l'idée qu'Agnès poussait la rigueur un peu loin : le souvenir du défunt charpentier exigeait-il vraiment que je ne vienne plus chez sa fille qu'un dimanche sur trois, et qu'il me soit impossible de l'inviter à dîner plus d'une fois par semaine sous prétexte que ces visites et invitations constituaient des distractions contraires à une austérité bien comprise? Certes, j'étais heureux d'avoir ainsi la confirmation qu'Agnès trouvait ma compagnie distrayante. Certes, je savais qu'elle était encore aux prises avec de capricieuses difficultés successorales qui l'obligeaient – comme je l'appris par la bande – à d'interminables et épuisantes séances avec l'ultime membre de sa famille. Certes, je n'avais pas l'esprit suffisamment tourné vers ces questions pour tenter de m'insinuer entre les parties et trancher l'affaire une bonne fois pour toutes. Certes, certes, il fallait de la patience, mais ces contretemps me sciaient les nerfs et ne contribuaient à améliorer ni mon moral ni la rédaction de mon ouvrage.

Un mois après le décès du vétéran marteleur, je me résolus à reparler à Agnès de nos projets matrimoniaux :

– J'y pense, Lionel, répondit-elle; j'y pense...

– Ma chère Agnès, dis-je, il faut y penser davantage.

– J'y pense beaucoup, Lionel; j'hésite...
– Vous hésitez?
– J'ai tellement de scrupules...
– Des scrupules? N'en ayez pas : une femme telle que vous ne peut que rendre heureux un homme tel que moi.
– Je voulais dire : des scrupules religieux...
Je fus pris d'un certain agacement :
– Ecoutez, Agnès, Monsieur votre Père ne verrait plus, j'en suis sûr, aucun inconvénient à ce que vous...
– Oh, il ne s'agit pas de papa! Papa, maintenant, il est tout près du bon Dieu.
Je pensai que dans ce cas, le bon Dieu avait vivement intérêt à porter des boules Quiès. Cependant, je dis :
– J'en suis certain, moi aussi, mais alors, je ne comprends pas quels scrupules religieux vous agitent?
– Je suis divorcée.
– Eh bien?
– Je ne pourrais plus me remarier à l'Eglise!
– Je crois vous l'avoir dit déjà : je suis très large d'esprit et je passerais là-dessus très facilement.
– Oui, mais moi, j'ai des scrupules et j'hésite. Ce serait un péché mortel, vous comprenez! Du concubinage, ni plus ni moins! Et après votre mort, je ne sais même pas si le curé me considérerait comme votre vraie veuve et s'il me laisserait mener le deuil.
– Un tel souci de l'avenir me touche profondément, ma chère Agnès, mais c'est peut-être voir un peu loin. Pour le présent...
– Pour le présent, interrompit Agnès avec une énergie inaccoutumée, moi, j'hésite. Vraiment, j'ai des scrupules.
Sans doute, tant de scrupules étaient-ils dans la logique de sa pieuse nature. Pourtant je ne laissai pas

pas que d'en être irrité et je rentrai chez moi de fort méchante humeur.

Par extraordinaire, Marie-José était là, dévorant une tartine de beurre aux sons d'un pick-up déchaîné :

– Baisse un peu ta boîte à bruit! criai-je. Tu veux me rendre fou!

Elle me considéra placidement :

– Allons bon, dit-elle; voilà encore sa pépée qui lui fait des carabistouilles.

Puis elle se leva en haussant les épaules, alla baisser l'intensité sonore de l'appareil incriminé et revint achever sa tartine :

– Allez, dis-moi tout, va! Ça te soulagera!

Mon lecteur posthume et observateur notera que c'est là le mot-à-mot de notre dialogue et pourra en tirer des conclusions sociologiques et éducatives sur la manière dont une fille de dix-huit ans parlait à son père dans la seconde moitié du XXe siècle.

– Je ne te dirai rien du tout. Tu ne comprendrais pas.

– Trop bête? demanda Marie-José la bouche pleine.

– Trop sceptique, dis-je. La jeunesse moderne ne croit à rien, n'a aucun idéal et ne peut comprendre que d'autres aient un idéal et croient à quelque chose!

– A quoi, par exemple?

– A Dieu, tout simplement.

– Aïe! Aïe! Aïe! s'écria ma fille en se beurrant une autre tartine; qu'est-ce qu'elle a bien pu encore inventer!

– Elle n'a rien inventé. Elle a simplement des convictions religieuses. Je comprends que cela t'étonne.

– Cela me sidère. Je me croyais champion dans l'art et la manière de filer des refus, mais cette fille-là, chapeau! Avec ses airs demeurés, elle me rendrait des points!

– Tu veux une gifle?

– Tu veux un conseil? Ouvre l'œil, papa! Cette fille passe sa vie à trouver des prétextes pour t'espacer!

– Des prétextes? Tu parles sans réfléchir! Son père a d'abord voulu revenir! Tu trouves que c'était un prétexte ça?

– Je veux!

– Ce n'était pas un prétexte du tout!

– Tu n'en sais rien! Il te l'a dit lui-même, le père, qu'il voulait venir?

– Oui, justement!

– Tiens! Tu es allé le voir?

– Moi? Mais non! Mais pas du tout! Mais pas le moins du monde! Et pourquoi serais-je, moi, allé voir ce père? Voilà bien ton esprit faux! Tu pars d'une idée que tu t'es fourrée dans la tête et tu galopes, tu galopes, tu dis n'importe quoi!

– C'est toi qui as dit qu'il t'avait dit lui-même...

– Mais non, je n'ai rien dit! Toujours ton esprit faux! J'ai lu des lettres qu'il avait écrites à Agnès, voilà!

– Ah, bon!

– Revenons aux prétextes, puisque tu y tiens : ensuite son père est mort. Tu vas encore me dire que c'était un prétexte pour m' « espacer »? Le deuil d'un père, ça se porte, figure-toi! Il y a encore des filles qui ont le sens de la piété filiale.

– Admettons. Et maintenant?

– Maintenant, quoi?

– Son père ne reviendra plus et le deuil est fini. Alors, qu'attend-elle pour t'épouser?

– Ma petite fille, ce n'est pas parce que nous t'avons élevée, ta mère et moi, dans la libre pensée la plus complète – et je ne sais pas si nous avons eu raison, vu les résultats – pour mépriser les croyances d'autrui. Aux yeux de l'Eglise, le mariage est un sacrement. Agnès se considère comme toujours mariée à son ex-mari. Si elle m'épousait, elle se considérerait comme une concubine et une bigame.

Marie-José émit un long sifflement d'intonation plutôt admirative et je crus un très court instant qu'elle rendait hommage à la magnifique probité morale de ma fiancée. Sa réponse en langage articulé m'ôta toute illusion :

– Décidément, elle est *très* forte! Je n'aurais jamais pensé à ça, moi!

– Je m'en doute. D'ailleurs, toi, on ne te croirait pas.

– Les hommes croient toujours ce qui les arrange de croire. Si je disais à Bob que je ne veux plus flirter avec lui parce que j'ai l'intention d'entrer au Carmel, il le croirait tout de suite sans supposer un seul instant que si je ne veux plus flirter avec lui, c'est tout simplement parce que je préfère flirter avec Luigi. Moi, ça me donne des raisons nobles, lui ça ménage son amour-propre. Des deux côtés, tout est perdu, fors l'honneur. Tu piges?

– Tu as le cœur sec, l'esprit étroit et tu n'es qu'une petite cynique. Tu juges les autres d'après toi-même. Tu ne sais voir que le côté terre-à-terre, sordide...

– ... et j'ai raison les trois quarts du temps.

– Tu te figures avoir raison! Tu viens de le dire : on croit ce qui vous arrange; et ça t'arrange de ne croire à rien. Arrête ce pick-up! Ça t'arrange de ne croire ni en Dieu, ni à l'amour, ni à la chaleur humaine, ni à la piété filiale, ni au travail! Ça te permet de ne rien faire, de passer d'un garçon à l'autre et de mépriser ton père! C'est bien commode! Et arrête donc ce pick-up!

Les odeurs de suie d'un chauffage à mazout parvenaient de la cour par la fenêtre entrouverte. Sans tous ces contretemps ridicules, à ce même instant, au lieu de m'échauffer la bile à soutenir une conversation stérile avec une gamine mal élevée, j'aurais pu travailler dans le silence et l'atmosphère salubre de mon pavillon. Après quoi, j'aurais pu aller me coucher tranquillement et *dormir!* Tandis que maintenant, l'esprit perturbé par cette discussion, autant que par les grondements des poids lourds des Halles, la paupière brûlante et le crâne migraineux, j'étais bien parti pour ne pas fermer l'œil de la nuit.

– Tous ces bavardages ne mènent à rien, repris-je. Je vais me coucher.

Mais avec un bout de conversation, Marie-José se conduisait comme un chiot avec un bout d'étoffe : elle ne lâchait jamais prise.

– J'aimerais bien croire à quelque chose, dit-elle en grignotant pensivement un morceau de tartine, si seulement j'avais des preuves! Mais je ne trouve toujours que les preuves du contraire!...

– On ne trouve jamais que les preuves qu'on mérite, répondis-je (et je ne fus point mécontent de cette réponse sur le moment). J'ai eu, moi, la preuve qu'Agnès ne m'avait pas menti à propos de son père. Pourquoi me mentirait-elle cette fois-ci? Je suis convaincu qu'elle est sincère; absolument convaincu.

– Si j'étais Zazie, je sais bien ce que je te répondrais!

– Mais tu n'es pas Zazie! ET ARRETE-MOI CE PICK-UP!

Quelque chose, dans mon regard, dut la frapper, car elle me considéra quelques secondes avec une sorte d'inquiétude, posa sa tartine et alla presque précipitamment éteindre son appareil.

Et ce fut presque gentiment, en tout cas avec une nuance d'affection dans la voix qu'elle me demanda en revenant :

– Ça va mieux?

– Oui, dis-je, merci. Ça va mieux.

J'éprouvais déjà quelques remords à lui avoir dit des paroles blessantes tout à l'heure. Je ne pensais pas réellement qu'elle fût d'esprit étroit et de cœur sec. Je pensais... Mais que pensais-je, au fait? Que pensais-je exactement de ma propre fille? Je n'avais jamais eu de preuves qu'elle fût capable d'un sentiment profond, mais qui donc venait d'affirmer, tout content de soi, qu'on n'a que les preuves qu'on mérite?

Nous demeurâmes silencieux quelques instants. Un camion passa, faisant vibrer les vitres.

– Pourquoi dis-tu que je te méprise? demanda Marie-José, ce n'est pas vrai!

– De la manière dont tu me parles, et dont tu parles de mes travaux, on pourrait s'y tromper!

– L'ancienne Egypte ne m'intéresse pas! Ce n'est pas ma faute! Est-ce que toi, tu t'intéresses aux auteurs modernes, au jazz et à la peinture abstraite?

– Des farceurs, dis-je. Les écrivains modernes parlent pour ne rien dire et quant aux peintres, un âne avec sa queue en fait tout autant.

– Et voilà, dit-elle. Dans ton genre, tu as l'esprit aussi étroit que le mien. Mais ça, c'est normal : c'est le fameux mur des générations.

– Bien sûr, reconnus-je, c'est normal.

Je constatais avec surprise que pour la première fois depuis bien longtemps, une conversation entre ma fille et moi tournait inopinément au dialogue raisonnable au lieu de se terminer dans le tumulte des paroles blessantes lancées à pleine voix... Ce n'était qu'une accalmie, un moment éphémère de tendresse et de chaleur, une trêve impromptue avant que le visage de Marie-José se referme à nouveau et que refasse rage le fracas du jazz et des aigres disputes, mais c'était toujours bon à prendre.

– Je me demande, reprit Marie-José, pourquoi on se dispute si souvent? Comme deux peuples marchant vers la guerre : on ne le souhaite pas, on en a peur, et puis ça éclate quand même, par une espèce de fatalité, et on se retrouve dressés l'un contre l'autre, rouges de colère, à hurler!

Je la considérai avec stupeur : n'était-elle donc pas seulement un petit animal futile, dansant, flirtant et mangeant des tartines?

– On ne se voit pourtant pas tellement, acheva-t-elle. Alors, à quoi ça rime?

– A rien, ma petite fille. On s'énerve, c'est tout.

– Et la plupart du temps, on ne crie contre l'autre que parce qu'on est en fureur contre soi-même.

Décidément, c'était la minute de lucidité. Je demandai :

– Tu es souvent en fureur contre toi-même?

– Comme tout le monde!

– Pour quelles raisons?

– Ça dépend. Tantôt, à cause d'une dissertation de philosophie que je ne peux pas arriver à pondre. Tantôt...

– Tantôt?...

– A cause des garçons.

– Ils te courent tous après!

– Je leur en veux.

– De quoi?

– De ne pas les aimer. Tu te trompes sur beaucoup de points, papa : je ne te méprise pas, et je crois à l'Amour avec un A majuscule. Je ne suis pas cynique du tout. Mais comment incarner l'Amour dans ces petits crétins frôleurs et vaniteux! Vaniteux comme tu ne peux pas imaginer! Ils se prennent tous pour des lumières!

– A ton âge, tu as bien le temps de trouver l'Amour avec un A majuscule.

– Par les temps qui courent, il vaut mieux se dépêcher.

Nous observâmes une minute de silence, probablement en hommage à cette pensée profonde, puis ma fille reprit :

– Tu sais, papa, je n'en ai peut-être pas l'air, mais je suis comme toi : j'ai envie de me marier, d'avoir un foyer. Je crois finalement que c'est pour ça que nous nous disputons : on est trop l'un sur l'autre...

– On ne se voit jamais!

– Aucun rapport. On peut avoir l'impression de vivre l'un sur l'autre sans jamais se rencontrer. On vit donc trop l'un sur l'autre et on n'est, ni l'un ni l'autre, satisfait de la vie qu'on mène. Au fond, on se comprend parfaitement et on s'aime bien. On ne se dispute que parce qu'on vit ensemble.

– Si tu te maries, il faudra bien t'habituer à vivre avec quelqu'un!

– Ce n'est pas pareil. Tu te disputes souvent avec Agnès, toi?

– Non.

– Tu vois bien. Tu es toujours décidé à me laisser l'appartement si tu l'épouses?

– Bien sûr. J'irai habiter avec elle dans son pavillon.

– Alors, épouse-la vite!

– Tu viens de me dire que tu n'as pas encore trouvé l'homme de ta vie!

– Il est plus dur de trouver un appartement qu'un mari. Sans compter qu'un mari ne vous fait pas fatalement trouver un appartement, alors qu'un appartement peut drôlement vous aider à trouver un mari! Un appartement *sans père,* naturellement! Parce que même un *pavillon avec père,* ça n'intéresse personne, je ne t'apprends rien.

– Autrement dit, tu es pressée que je m'en aille?

– C'est notre intérêt à tous les deux, non? J'ai autant hâte que toi à te voir épouser Agnès! Ce n'est pas pour le plaisir de te contrarier que je te conseille d'ouvrir l'œil!

Si le destin écrit droit avec des lignes courbes, les

femmes conduisent une conversation avec un compas : elles connaissent l'art subtil de vous ramener au point de départ et de vous enfermer dans le cercle vicieux qu'elles viennent de tracer.

Je faillis me laisser dominer par l'irritation, mais je ne voulus pas avoir sur la conscience le premier cri d'une nouvelle dispute. Mon impatience se contenta d'une longue expiration chuintante, puis je repris posément :

– Marie-José, soyons logiques. Tu prétends qu'Agnès me file un refus?

– Oui.

– Que c'est pourquoi elle « m'espace »?

– Oui.

– Eh bien, achevai-je triomphalement, réfléchis : si elle ne désirait plus m'épouser, pourquoi ne me le dirait-elle pas franchement? Pourquoi ne m'enverrait-elle pas des billets dans le genre de ceux qu'elle a su si bien écrire – et que tu as su si bien lire aussi, d'ailleurs? Pourquoi cette femme, si naïve à ce que tu prétends, se croirait-elle obligée à tant de diplomatie?

J'étais assez satisfait de cette dialectique, d'autant plus que Marie-José n'y rétorqua rien, se contentant de me considérer bouche bée avec une stupeur mêlée d'intérêt. Et de fait, me semblait-il, il n'y avait rien à répondre. Marie-José, pourtant, s'y résolut. Elle alluma une cigarette américaine (voilà où passait l'argent de poche que je lui donnais), souffla par les narines deux jets de fumée :

– Toi, papa, on peut dire que tu es un cas!

Je fus d'abord tenté d'être flatté par ces paroles mais le ton m'en dissuada, ainsi que le regard où flottait une certaine pitié.

– Tu ne m'as pas l'air d'avoir eu beaucoup d'aventures féminines dans ta vie, acheva-t-elle pour m'éclairer définitivement.

– Eh, eh, dis-je, m'efforçant de sourire, je n'ai pas eu à me plaindre.

– Ne commence pas à prendre l'air suffisant de mes petits copains, veux-tu? Surtout pour mentir comme eux!

– Je ne mens pas. Je me souviens d'une certaine archéologue anglaise...

– Bon. Ça fait déjà une. Encore qu'une archéologue! Enfin, bref, passons. Après?

– Après? Mais... Je me suis marié!...

– Le mariage n'est pas une aventure! observa sévèrement Marie-José. C'est une création continue. Alors, c'est tout?

– Je ne trouve pas que ce soit une conversation convenable entre un père et sa fille.

– C'est bien ce que je disais, c'est tout. Eh bien, rien d'étonnant à ce que tu sois resté aussi naïf qu'un enfant de quatre ans!... et aussi aveugle qu'un bébé d'un jour!

– Explique-toi donc, toi qui es si maligne!

– Pas sorcier! En deux mots comme en cent, ta pépée a un jules. Seulement, elle n'est sans doute pas très sûre de pouvoir l'épouser. Elle t'espace pour profiter du jules mais elle te garde en réserve pour quand le jules la plaquera. C'est une tactique aussi vieille que l'encerclement par les ailes; les femmes la connaissent en naissant. Tout le reste, y compris les scrupules religieux, c'est de la littérature.

Je me levai. J'essayais de garder mon calme, mais mes mains tremblaient :

– Décidément, dis-je, il n'y a pas moyen de parler avec une gamine aussi mal élevée, nulle en dissertation philosophique et qui s'abrutit à fumer et à écouter du jazz! Qui n'apprend rien, qui ne sait rien, qui prend les autres pour un ramassis d'imbéciles et se croit plus intelligente que tout le monde! Qui ne sait pas seulement repriser des chaussettes ni faire un œuf sur le plat! Qui se bourre de tartines et de romanciers modernes...

– Je ne vois pas le rapport!

– Tu ne le verras jamais, le rapport, avec ton esprit faux!

Nous étions dressés l'un contre l'autre, rouges de colère, et nous criions.

– Ah! fit Marie-José, je voudrais que son mari claque comme son père a claqué! Tu verrais que j'ai raison!

– Tu pourrais t'exprimer un peu plus correctement quand il s'agit de la mort d'un homme qui a failli devenir ton grand-père par alliance! Et maintenant, j'aimerais savoir ce que tu veux dire?

– Avant, c'était son père qui empêchait le mariage, censément. Maintenant, le père est mort : elle a trouvé autre chose. Je serais curieuse de savoir ce qu'elle inventerait si elle devenait veuve!

– Je ne vois pas ce que ça changerait pour elle!

– Moi, je vois! Une fois veuve, elle ne serait plus divorcée, le mariage serait dissous, elle pourrait se remarier à l'église, et il n'y aurait plus de scrupules religieux qui tiennent! Alors, moi, je serais curieuse de savoir quel prétexte elle pourrait bien encore inventer pour ne pas t'épouser!

– Elle n'inventerait aucun prétexte! Elle m'épouserait!

– Ah! ah! Laisse-moi rire!

– Ris si ça t'amuse, mais c'est comme ça!

– De toute façon, ça ne rime à rien de supposer qu'Agnès t'épouserait si elle était veuve puisqu'elle ne l'est pas.

– Tout à fait mon avis. Ça ne rime à rien.

– Cette conversation ne rime à rien depuis le début.

– En effet. Je suppose que tu ne dînes pas là?

– Non, je sors.

– Alors, bonsoir!

– Tchaôô!

La porte claqua. Ma fille était partie. Il ne restait d'elle que son parfum et un mégot plein de rouge à lèvres écrasé rageusement dans le cendrier. J'ouvris la fenêtre pour chasser l'odeur du tabac. La fumée du chauffage à mazout s'abattit dans la pièce, exaspérant ma migraine. Au-dehors, le remue-ménage des Halles. Dans ma tête, le Tumulte. Une nouvelle nuit sans sommeil se préparait...

9

Agnès Devillard

Non, vraiment, j'en ai été toute retournée! On n'imagine pas une chose pareille! Moi, je n'aurais jamais osé! Un pareil sans-gêne! Pas le moindre sens des convenances!

C'était un dimanche, vers 2 heures de l'après-midi. Je me trouvais dans mon pavillon avec Francis que j'avais invité à déjeuner. Je venais de débarrasser la table et je me préparais à rejoindre Francis dans ma chambre. Il aimait bien faire une petite sieste après le déjeuner et, le dimanche, j'en profitais pour faire une petite sieste avec lui. Il n'aimait pas jouer aux cartes, Francis. Il disait qu'entre un homme et une femme de notre âge, c'était un jeu idiot et au fond il avait raison : la belote ça allait bien avec M. Lionel qui ne pensait jamais à faire la sieste.

A propos, j'avais quelquefois des remords, au sujet de Lionel. Je l'avais un peu négligé, le pauvre, tous ces derniers temps. Mais il parlait toujours de mariage et cela me gênait un peu à cause de mes scrupules religieux. Francis, lui, n'en parlait pas souvent. C'est ça, la vie : on n'est jamais aimée de la personne qu'il faut; et c'est curieux comme d'être aimée de la personne qu'il ne faut pas donne l'impression de ne pas être aimée du tout! J'aimais beaucoup M. Lionel qui était si gentil, si raisonnable – il me donnait toujours des conseils pour mieux aménager mon pavillon; installer les maquettes de papa dans le jardin pour les mettre mieux en valeur, retirer de la cave les bidons d'essence et les vieux chiffons, etc. – mais Francis, il me semble bien que j'en étais amoureuse : il était si charmant! Il était amoureux de moi aussi, bien sûr, mais je crois qu'il pensait surtout à faire la sieste. Je sais bien, on n'est jamais contente de son sort : avec M. Lionel qui avait beaucoup de conversation, j'aurais bien voulu faire la sieste de temps en temps; avec Francis qui me proposait souvent la sieste, j'aurais bien voulu avoir une conversation sérieuse de temps en temps. On a l'esprit de contradiction, c'est un fait.

Donc, pour en revenir à ce que je disais, je me préparais à faire la sieste avec Francis après un bon petit déjeuner, je me sentais fraîche et dispose, quand tout à coup : dring! On sonne à la grille du jardin!

Francis, qui avait déjà retiré ses chaussures et sa cravate, me crie de la chambre :

– Tu attends quelqu'un?

Je lui réponds : non, ce qui est la vérité, et je me demande si je vais aller ouvrir. Si c'était Lionel? Ce n'est pas dans ses habitudes de venir me surprendre à l'improviste quand je ne l'ai pas invité. Il ne l'a fait qu'une fois, avant la mort de mon pauvre papa, un dimanche où j'encaustiquais et il a bien vu que je n'étais pas contente. Depuis, il n'a plus recommencé mais on ne sait jamais et je serais très gênée car j'ai à peine parlé de Francis à Lionel et je n'ai pas du tout parlé de Lionel à Francis. (Pendant l'enquête de l'inspecteur Champorel, j'avais dit devant Francis que je me trouvais absolument seule et je n'aurais pas voulu qu'il s'imagine par la suite que j'avais menti!...)

Là-dessus, encore un coup de sonnette.

– Peut-être quelqu'un qui se trompe d'adresse, dit

Francis, toujours de la chambre, ou qui veut un renseignement.

C'est ce que j'aime tant, chez Francis : il est toujours optimiste. Je me sens toute ragaillardie. Rien n'est plus désagréable que d'être dérangé au moment précis où l'on se prépare à une bonne sieste. Et justement, cet après-midi, j'en avais très envie, je m'en faisais toute une joie depuis le matin.

Je suis assez rendante de services, mais j'ai horreur qu'on me dérange. Ce gêneur-là, je ne vais pas me gêner pour l'expédier. Je sors dans le jardin avec « Ma Laideur » sur les talons; « Ma Laideur » est toujours disposé (ou *disposée,* je ne sais toujours pas), à voir du monde. « Kaki » est resté dans la cuisine à éternuer près du four à gaz.

J'ouvre la grille du jardin et je me trouve nez à nez avec on ne devinera jamais qui : la fille de Lionel, tout simplement, une jeune fille que je n'avais vue qu'une fois mais qui m'avait frappée par son drôle de genre. Je m'étais même demandé comment un homme aussi correct et respectable que Lionel avait pu avoir une telle fille. Il avait l'air de ne pas très bien le comprendre lui-même, d'ailleurs.

– Bonjour, madame, me dit cette Marie-José, vous me reconnaissez?

Je lui réponds que oui, je la reconnais, mais en lui laissant comprendre que je n'en suis pas plus ravie pour ça.

D'autant plus qu'elle n'est pas toute seule : elle est encadrée de deux jeunes gens attifés d'une manière indescriptible : blue-jeans, nœuds papillons, pull-overs à col roulé, blousons de daim, souliers à l'italienne. Le premier porte une guitare en bandoulière et le second une espèce de trompette! Avec ce porteur de guitare, l'autre qui ressemble à un singe et la fille en quête de je ne sais quoi, on se croirait dans *Sans Famille*!

– Nous nous trouvions en excursion dans les

environs, explique Marie-José, et je me suis souvenue tout à coup que vous habitiez par ici. J'ai dit à mes camarades que décemment, je ne pouvais pas passer si près de chez une amie de mon père sans venir lui donner un petit bonjour.

– C'est très gentil à vous, dis-je.

– N'est-ce pas? Je vous présente Bob et Luigi. Bob, Luigi : madame Devillard.

Bob est la trompette, Luigi la guitare. Ils me tendent la main en me disant bonjour-chère-madame et je ne peux pas faire autrement que de les leur serrer, leurs mains, à tous. Je ne peux pas être impolie.

– C'est vraiment une malchance, dis-je, mais j'ai déjà de la visite. Un cousin de mon père avec qui je règle des questions d'héritage. Car j'ai perdu mon pauvre papa le mois dernier.

– Le mien m'a fait part du décès du vôtre, dit Marie-José. Je vous présente toutes mes condoléances.

– Vous m'excuserez donc de ne pouvoir vous recevoir convenablement, mais...

– Ne vous excusez surtout pas, dit Marie-José, nous ne voulons pas vous importuner, nous ne resterons qu'un instant.

Et me voilà quasiment obligée de la laisser entrer, cette petite peste, avec ses deux baladins. A quel point je suis suffoquée d'un tel sans-gêne, je ne peux pas le décrire! Envahir ainsi des personnes qui vont faire la sieste! Et, à ce sujet, que penserait Lionel si sa fille allait lui répéter qu'elle m'a trouvée dans mon pavillon avec un homme en chemise! Je commence donc, en approchant de la maison, à crier assez fort : « Entrez! Mais entrez donc! » afin que Francis comprenne bien que du monde va entrer et qu'il se rhabille. Marie-José et ses baladins ont l'air eux-mêmes surpris de cet entrain à les accueillir et ça me fait mal au cœur de devoir crier si fort : « Entrez!

Entrez! » à des gens que je voudrais tellement voir sortir.

Enfin, ils entrent, et je suis soulagée de voir que Francis a compris : il s'est complètement rhabillé et il feuillette un journal financier d'un air très sérieux. A leur apparition, il se lève et il paraît saisi par leur allure à tous les trois. Pour lui, si convenable, qu'on puisse s'habiller avec tant de mauvais goût, c'est un mystère. Et encore les deux garçons, ce n'est rien! Mais il y a Marie-José! Oh, elle n'est pas en blue-jeans, elle, au contraire! Elle porte une petite robe bleu nuit, étroite comme il n'est pas permis, des bas fumée et des chaussures à bride comme en 1925. Ses cheveux blonds sont coupés court avec des espèces de vagues accroche-cœurs devant les oreilles! Quand elle s'assoit (je suis bien obligée de les faire asseoir), sa robe est si étroite et si courte qu'elle exhibe ses jambes jusqu'à mi-cuisse! Devant le mauvais genre qu'elle a, Francis reste pétrifié d'horreur : avec moi toujours convenable avec mes jupes longues, mes collants beiges et mes bottillons, il n'est évidemment pas habitué à tout ce mauvais goût. Bien sûr, elle n'est pas mal faite, cette Marie-José, quand on la détaille bien; mais ce qui compte aussi aux yeux d'un homme, c'est la distinction.

Francis la regarde, les yeux tout brillants, et je sais bien ce qu'il pense : il pourrait être en ce moment en train de faire la sieste avec moi au lieu de faire la conversation à cette fille de mauvais genre, et il n'a qu'une envie, c'est de l'étrangler.

Les présentations ne se sont pas trop mal passées : J'ai dit : « Mlle Fribourg, la fille d'un ami... » et « M. Francis Pontrieux, un cousin de mon père... » Je souhaite simplement que Marie-José ne parle pas trop du sien. Mais, heureusement en un sens, elle n'a aucune délicatesse, et après un bon moment de conversation où l'on n'échange que des banalités, elle demande simplement à Francis :

– Ce doit être bien triste et fastidieux de discuter d'affaires de succession tout un dimanche après-midi!

– Eh bien, répond Francis, c'est-à-dire que...

Bob et Luigi jouent avec « Ma Laideur ». Toujours heureuse de se laisser caresser par le premier venu celle-là! « Kaki », lui, qui ne peut pas supporter les nouvelles têtes, s'est réfugié dans la cave pleine de courants d'air, et tousse à fendre l'âme.

– Tout dépend, comment on en parle, me direz-vous, reprend Marie-José, toujours à l'intention de Francis. A première vue, la question ne paraît pas très excitante, mais il y a des hommes qui savent rendre palpitant tout ce qu'ils touchent. Heureusement, d'ailleurs, parce que sans ça, il y a des questions auxquelles on ne toucherait pas souvent.

Elle se tourne vers moi avec un sourire aimable :

– N'est-ce pas, madame?

J'ai à peine écouté ce que racontait cette petite évaporée qui parle à tort et à travers. Je suis pressée qu'elle s'en aille, et je ne vais pas me fatiguer à lui demander de répéter. Mais je ne me démonte pas, je rétorque du tac au tac : « A qui le dites-vous! » et je constate avec plaisir que Francis se détourne de Marie-José et me lance un coup d'œil, tout étonné de ma présence d'esprit.

– Il y a des questions qu'on n'a le droit d'attaquer que lorsqu'elles peuvent se défendre, dit-il à Marie-José, avec un regard dépourvu d'indemnité. Je ne comprends d'ailleurs pas comment certaines personnes peuvent se permettre d'attaquer ainsi des questions qu'elles connaissent à peine! ajoute-t-il sur un ton assez vif.

– Il y a des questions qu'on n'a pas besoin de connaître beaucoup pour les juger insipides, n'est-ce pas, madame?

Mais décidément, je suis en verve, cet après-midi et je lui réponds avec sang-froid :

– Je ne suis pas sans le savoir, mademoiselle.

Et toc! Francis en devient tout rose, tant il est content de me voir moucher cette petite gamine. Marie-José a un rictus de dépit. Bob et Luigi ricanent bêtement en chatouillant « Ma Laideur ».

– Ne chatouillez pas « Ma Laideur », dis-je. Après, elle devient insupportable.

– Pourquoi l'avez-vous appelé « Ma Laideur »? demande Luigi.

– Parce qu'elle est affreuse, naturellement!

– Ça oui! Mais en ce cas, il aurait encore été plus naturel de l'appeler « Mon Laideron », puisque c'est un chat!

Du coup, j'en oublie ma mauvaise humeur :

– Un chat? Vous êtes sûr?

– Officiel! fait Bob. Vous n'étiez pas au courant?

– Depuis que je l'ai recueilli, je n'avais pas encore réussi à me faire une opinion. Vous ne pouvez pas savoir comme je suis contente d'être enfin fixée!

– Rien de plus agaçant que l'incertitude, dans ces questions-là, reconnaît Luigi.

Comme tout le monde a l'air intéressé, j'estime le moment bien venu pour placer une phrase qui m'avait frappée en écoutant discuter l'inspecteur Champorel et le Dr Hubelot, une phrase qui fait très cultivée :

– Ces questions-là, dis-je posément, sont très complexes, et la réalité la plus concrète dépasse souvent la fiction la plus abstraite.

On peut dire que je produis mon petit effet : Francis rougit encore davantage si c'est possible. Le rictus de dépit de Marie-José s'élargit. Bob et Luigi me contemplent comme un oiseau rare. C'est ça, la culture : retenir ce que les cerveaux disent de plus intelligent et le ressortir au bon moment.

– Cette chatte est un chat, dit sèchement Francis

sans même regarder Marie-José : la cause est entendue.

– Plutôt deux fois qu'une, dit Marie-José; et lorsque madame observe que la réalité dépasse la fiction, elle sait de quoi elle parle.

Elle est bien obligée de le reconnaître. Je regarde Francis triomphalement, mais il détourne les yeux, sans doute de peur d'éclater de rire au nez de cette pauvre gamine qui est en train de se ridiculiser complètement sans même s'en rendre compte.

– Décidément, reprend Marie-José, je ne comprendrai jamais comment des hommes qui ont l'air intelligents et même spirituels peuvent accorder leurs attentions à des questions dont l'insipidité confine à l'inexistence. Est-ce le Destin qui les accable ou leurs goûts morbides qui les poussent?

Ça n'a aucun rapport avec la conversation, mais Francis n'a pas l'air d'être pris au dépourvu :

– Le même mystère existe à propos des femmes, répond-il aussitôt; et même fréquemment à propos des jeunes filles. On se demande comment certaines peuvent se laisser emballer par des questions qui ressortissent apparemment plus à la zoologie qu'aux sciences humaines...

Pour une fois, c'est Marie-José qui rougit. Je ne comprends pas pourquoi, mais c'est bien fait pour elle : quand on cherche mon Francis, on le trouve.

– Et au fait, poursuit-il, nous ne nous occupons guère de ces jeunes gens. Que pourrait-on leur offrir, Agnès?

– Rien du tout, dit Bob; vous dérangez pas, on n'a pas soif.

– C'est vrai, dit Luigi; on voudrait faire le tour de l'Afrique en camping. Alors, on veut s'entraîner à ne pas boire beaucoup.

– Le camping, dis-je, j'en ai fait une année quand j'étais petite fille. J'ai eu très froid sous la tente.

C'était plein de courants d'air. Moi, je préfère habiter dans une maison bien close.

Bob et Luigi me contemplent encore comme un oiseau rare. Francis affirme rapidement :

– Il est compréhensible que certains adorent le camping : ils se retrouvent plus près de la nature. Et des bêtes.

– Pas besoin de camping pour se trouver près d'une bête, dit Marie-José.

– A part le camping, reprend Francis à l'attention de Bob et Luigi, je vois que vous vous intéressez à la musique.

– Au jazz, dit Marie-José. Vous connaissez?

– Assez mal, avoue Francis. J'ai vaguement écouté de temps en temps Louis Armstrong, Fats Waller, Coleman Hawkins, Jelly Roll Morton, Count Basie, Bud Powell, Milt Jackson et quelques autres, mais c'est tout. Mais vous, jeune homme (il s'adresse à Bob), dans quel style jouez-vous? « West-Coast » comme Shorty Rogers? « Swing » comme Buck Clayton? « Scat » comme Louis Armstrong? « Bop » comme Dizzie Gillespie? Ou une transition entre ces deux-ci comme Roy Eldridge?

Et avant que Bob le trompette ait pu répondre, il se tourne vers Luigi et sa guitare :

– Et vous? Seriez-vous plutôt du genre Django Reinhart ou Teddy Bunn? Ecrirez-vous votre biographie comme Eddie Condon? Seriez-vous assez aimable pour me prêter votre instrument une seconde? N'ayez pas peur, je ne vous l'abîmerai pas : c'est simplement pour savoir si je me rappelle encore mes notes?

Luigi lui tend sa guitare, subjugué : Francis la prend et se met à exécuter un petit air pas mal du tout. Les autres n'en reviennent pas et moi non plus : Francis ne m'avait jamais dit qu'il avait ce talent-là!

– Et voilà, fait-il; évidemment ça ne rappelle que

de très loin Reinhardt dans son *Quintette du Hot Club de France*.

Il rend la guitare à Luigi, s'empare de la trompette de Bob avec un rapide « vous permettez »? et se met à jouer de la trompette!... Mon Francis jouant de la trompette!... Je n'en crois pas mes oreilles! A voir leur bouche bée, les autres non plus!

– Ça, c'était à la manière de Cootie Williams, le trompette de Lionel Hampton. Evidemment, ça aurait besoin d'être soutenu par un *drummer* dynamique et un vibraphoniste virtuose.

Marie-José le regarde avec des yeux comme des soucoupes :

– Où avez-vous appris à jouer comme ça?

– Oh, tout seul! Juste un léger délassement quand j'étais étudiant. J'avais mis sur pied une petite formation. Je me suis perfectionné un peu au service militaire : on m'avait incorporé dans la musique. Vous voulez que je vous sonne l'extinction des feux à la manière de Rex Stewart? Attendez que je retrouve le tempo... Là, voilà... Et le salut aux couleurs à la manière de Dizzie Gillespie? Oop-Pop-A-Da!...

Il se lève pour jouer et ça dure un bon moment. La trompette résonne énormément dans mon pavillon. Ce n'est peut-être pas très convenable de jouer ainsi de la musique alors que je suis encore en deuil, mais il est vrai que le salut aux couleurs, c'est de la musique sérieuse.

Enfin, Francis termine sur une note aiguë, les trois autres applaudissent. Francis s'incline, secoue sa trompette et la rend à Bob médusé, en disant :

– Excusez-moi, depuis le temps, je suis un peu rouillé. Je n'ai plus guère eu l'occasion de m'exercer.

– Eh bien, mon petit Bob, dit Marie-José, tu peux aller te rhabiller!

Je ne comprends jamais rien au vocabulaire de

cette gamine, encore que de la façon dont Bob est attifé, il ne peut que gagner à s'habiller autrement.

Puis elle attaque encore mon Francis :

– Dommage de se confiner dans les affaires de famille quand on a vos talents!

– Les affaires de famille sont plus sûres. Et plus fidèles. J'ai appris à me méfier des autres.

Je ne vois pas pourquoi ils se mettent brusquement à parler affaires. Je ne vois surtout pas pourquoi Francis éprouve le besoin de confier à cette petite gourde que les affaires sont difficiles en ce moment.

– Peut-être avez-vous tort de vous méfier, dit Marie-José. Et qui ne risque rien n'a rien.

– Les affaires les plus séduisantes sont les plus dangereuses. Elles commencent par vous brûler les doigts, puis on se retrouve grillé jusqu'à l'os.

– Il y a des affaires séduisantes qui sont aussi de bonnes affaires. Qui ne vous brûlent pas et qui vous éclairent. Qui, en tout cas, ne vous éteignent pas comme les affaires de famille.

– Possible. Je n'en ai pas encore rencontré.

– Qu'en savez-vous? Vous êtes peut-être passé à côté sans les voir? Peut-être actuellement êtes-vous en train de passer sans la voir à côté de l'une d'elles?

– Peut-être. Mais s'agit-il vraiment d'une affaire sérieuse? Je travaille dans une grande compagnie d'appareils électroniques et je sais qu'il faut en général très longtemps pour conclure une affaire sérieuse.

– En général, oui. Mais vous savez aussi que parfois il suffit simplement d'un mot, d'un argument, et vous enlevez la commande!

– « La vente commence souvent quand le client dit non! »

– Mais plus souvent encore, on vend sur appel, exact?

– Exact. Vous semblez bien connaître la vente.

– J'ai le sens des affaires. Des affaires séduisantes. Exact?

– Exact.

Elle recommence à devenir arrogante. Il est temps de lui rabaisser à nouveau son caquet. Francis est trop correct pour le faire lui-même, c'est pourquoi je m'en mêle :

– On ne peut pas mieux avoir le sens des affaires que Francis, dis-je. Sa compagnie d'appareils électroniques est la plus importante de France : Electro-France, avenue de l'Opéra. Vous connaissez?

Et toc. Si elle prenait mon Francis pour un gentil garçon un peu minable, la voilà bien attrapée. Et le fait est qu'elle semble un peu suffoquée. Elle dit à Francis :

– Certaines affaires séduisantes et sérieuses sont même incroyablement (bien qu'involontairement) facilitées par des bonnes volontés maladroites, n'est-ce pas?

Francis la regarde un moment fixement sans répondre. Il doit trouver comme moi que cette gamine dit n'importe quoi. Elle parle pour le plaisir de parler. Mais, comme il est toujours poli, il lui répond quand même, finalement. La veine de son front s'est un peu gonflée et il est devenu assez rouge : il a de la patience mais il ne faut pas en abuser. J'ai peur qu'il ne finisse par éclater, mais il réussit à se contenir :

– Quand les clients ont des affaires sérieuses et séduisantes à me proposer, dit-il doucement en haletant un peu, ils s'adressent à mon bureau de la Compagnie. Le numéro est dans l'annuaire. Trois lignes groupées. Les appels me parviennent le plus facilement le matin vers 10 heures, après la réunion des ingénieurs commerciaux.

Il me lance un petit regard à la dérobée comme pour quêter mon approbation. Je ne voudrais pas avoir l'air d'accabler cette pauvre gamine qui fait semblant de regarder ailleurs et ne sait plus où se fourrer, mais il y a des gens qui ne méritent pas qu'on s'apitoie sur eux. Alors, j'appuie avec un sourire :

– Vous voyez que ce n'est pas une petite boîte. Francis a même un bureau pour lui seul avec un poste particulier. Poste 56. Je n'en dirai pas plus.

– Oh! c'est bien suffisant, madame, dit Marie-José.

C'est un plaisir de voir comme on l'a matée, nous deux Francis et moi, cette petite peste. Elle est si vexée qu'elle ne s'attarde pas. Elle prend ses cliques, ses claques, son Bob et son Luigi et ils s'en repartent tous comme ils sont venus. Une vraie déroute.

Après leur départ, j'ai poussé un ouf et je me suis excusée auprès de Francis pour lui avoir imposé la présence de ces trois olibrius. Et le fait est qu'il avait l'air tout préoccupé de me savoir d'aussi mauvaises fréquentations, Marie-José, surtout. Il me posa pas mal de questions à son sujet, mais je précisai bien que je ne la connaissais presque pas, qu'elle s'était introduite ici par pur sans-gêne.

– Tu m'as dit que c'était la fille d'un ami? demanda Francis. Quel ami? (Il était jaloux, le pauvre!)

– Un ami, c'est une façon de parler, dis-je. Un collègue, tout simplement. Il m'avait présenté sa fille à l'« Arbre de Noël » organisé pour les familles du personnel.

– Ah, bon! dit Francis.

(C'est naïf, les hommes, on peut leur raconter n'importe quoi.) J'ajoutai pour rendre Francis encore un petit peu plus jaloux (c'est nos armes à nous autres femmes : la rouerie féminine; il faut bien s'en servir de temps en temps) :

– Ce collègue, d'ailleurs, il me fait la cour. Il voudrait même m'épouser, *lui*.

Francis ne releva pas cette allusion. Elle était peut-être trop fine. Je lui proposai de faire une bonne sieste. Il se fit d'abord un peu prier sous prétexte qu'il était fatigué (les jacasseries de cette petite gamine nous avaient abrutis tous les deux), puis il me rejoignit dans le lit. Mais, pour la première fois, il fit la sieste presque à contrecœur, distraitement et la tête ailleurs, comme s'il m'en voulait...

*
**

... Et il continua à m'en vouloir par la suite. On se vit moins souvent, et il commença à ne plus venir qu'un dimanche sur trois à mon pavillon, si bien que je me remis à inviter Lionel pour les deux autres.

Francis prétendait qu'il avait beaucoup de travail, qu'il était obligé de s'absenter fréquemment de Paris pour s'en aller inspecter ici ou là. Je n'étais pas dupe. Comme toutes les femmes, j'ai de l'intuition pour ces choses-là, et je sentais bien qu'il m'en voulait toujours au sujet de cette petite peste. Un jour, je lui posai la question, carrément :

– Avoue que ce n'est pas à cause de ton travail qu'on se voit moins. Avoue que c'est à cause de Marie-José?

Il sursauta, rougit et balbutia :

– Marie-José?

– Parfaitement. Elle et ses deux baladins. Tu m'en veux d'avoir des relations pareilles. Et que son père me fasse la cour. Je t'ai déçu? C'est ça? Mais je t'ai déjà expliqué...

– Décidément, tu ne comprends jamais rien, ma pauvre Agnès. Alors, n'explique pas.

Mais j'ai bien vu que j'avais touché juste : c'est toujours quand on a tout compris que les autres vous accusent de ne rien comprendre. Il n'y a que la vérité qui blesse.

Je ne pus m'empêcher de rapporter à Lionel la

visite sans-gêne de sa fille. D'abord pour qu'il se rende compte à quel point elle était mal élevée; ensuite pour savoir si elle avait osé lui raconter quelque chose au sujet de Francis. Mais Lionel parut aussi surpris que mécontent :

– Comment? Elle s'est permis de venir chez vous, avec deux galopins? C'est inconcevable!

– Le cousin de papa était justement là, pour mon affaire de succession. Vous comprenez, Lionel, ça n'a pas produit bonne impression sur lui!

– Mais bien sûr, chère Agnès, je comprends! Je ne voudrais pour rien au monde vous créer des difficultés avec un membre de votre famille!... Ah! j'aurais dû me douter que Marie-José ferait une sottise de ce genre : elle s'était fourré des idées dans la tête à votre sujet...

– Quelles idées?

– Des inepties. Il faut lui pardonner, Agnès, c'est une enfant. Je lui passerai une bonne semonce, ce soir. Si je la vois. Je la vois très peu, en ce moment...

– Je vous en prie, Lionel, ne soyez pas trop sévère! (J'avais peur qu'il ne la fâche et qu'elle ne lui débite, pour se venger, des horreurs sur Francis et moi : je m'étonnais d'ailleurs, qu'elle ne l'ait pas déjà fait tant nous lui avions été si visiblement antipathiques tous les deux!...)

– Ma chère Agnès, vous êtes si bonne, si indulgente! Vous ne voyez le mal nulle part. Mais un père doit montrer de l'énergie quand il le faut, sinon son autorité est perdue. Je la semoncerai. D'ailleurs, quand nous serons mariés, je lui laisserai mon appartement de Paris, comme je vous l'ai dit. Je suis avant tout soucieux de votre tranquillité, et elle ne vous importunera pas. Quand allons-nous nous marier, Agnès? Je suis si impatient de partager ma vie entre vous et mes travaux!

Ça recommençait! Evidemment, je l'aimais bien,

Lionel, mais pas sur le même plan que Francis. Sur le plan sieste, Francis était mieux. D'un autre côté, Lionel était plus mûr, plus posé.

Pour une femme seule et convenable, c'était un problème! Entre Francis et Lionel, j'étais indécise : je ne voulais perdre ni l'un ni l'autre! Ah, que j'étais indécise!

Alors, je répondais à Lionel :

– Je ne demanderais pas mieux, mon cher ami! Mais aux yeux de l'Eglise, je suis toujours mariée avec Jacques! Mon mariage avec vous serait un péché mortel!

– Ma chère Agnès, ces scrupules religieux sont tout à fait légitimes et soyez certaine que je les respecte, cependant...

– Oh! je sais bien! Jacques, mon ex-mari, ne vaut pas cher! Il est si égoïste, si insouciant! Il m'a abandonnée avec une telle indifférence!

J'exagérais un peu : Jacques était moins pire que ça; il avait même des côtés généreux. Mais j'étais furieuse contre Francis et comme je ne pouvais pas dire du mal de Francis à Lionel, je me vengeais sur Jacques. C'est bizarre, la nature humaine. Et plus Lionel était indigné, plus je m'acharnais :

– Il ne pensait qu'à courir les jupons! Il était incapable de rien faire de ses dix doigts! Heureusement que ses parents avaient de l'argent! Il passait d'un métier à l'autre! Incapable de se fixer! Et moi, j'étais le cadet de ses soucis! Il ne m'a même pas envoyé un télégramme après la mort de papa!

– C'est une honte! Et, ma chère Agnès, vous vous considérez toujours mariée à un tel individu?

– Ce n'est pas moi, Lionel. C'est l'Eglise!

– Sans doute... sans doute... Vous êtes sûre qu'il n'est pas mort? Votre mariage serait dissous et plus rien ne ferait obstacle à...

– Jacques mort? Oh, non! Je le saurais puisque c'est mon cousin!

– Vous avez épousé votre cousin?

– Pas un cousin germain. Un petit-cousin!

– Il est vrai que les pharaons épousaient bien leur sœur.

– Non?

– Si, ma chère Agnès. La notion d'inceste est relativement récente. Ainsi, vous êtes certaine que votre ancien mari est toujours vivant?

– Certaine. D'ailleurs les journaux en parlent quelquefois. Il fait de la mise en scène de cinéma, depuis quelque temps. Encore la Nouvelle Vague, comme on dit : Jacques Devillard, vous n'avez jamais entendu parler?

– Je ne vais pas souvent au cinéma. Ma fille y est toujours fourrée et vous voyez le résultat! Il faut être un joli monsieur, pour faire ce métier-là. Dommage que ce ne soit même pas un métier dangereux!

– Pourquoi?

– Pour rien, chère Agnès, pour rien...

Mais il semblait remuer dans sa tête des pensées très sombres.

Pour le dérider un peu je lui offris le dernier pull-over que j'avais tricoté pour papa. Celui-là même que je lui avais fait essayer un dimanche après-midi – ce que c'est que la destinée!

– Tenez, Lionel; je suis sûre que si papa nous voit de là-haut, ça lui fera plaisir de vous le voir porter.

(J'avais bien pensé à l'offrir d'abord à Francis, mais ça faisait un peu vieux pour lui.)

Eh bien, soyez donc gentille avec les hommes! Lionel prit le pull-over du bout des doigts et me remercia du bout des lèvres. Et quand il me quitta, il était toujours aussi sombre...

10

Lionel Fribourg

Les détonations claquaient autour du kiosque dont les journaux titraient en lettres énormes :

IL TAPAIT À COUPS DE MARTEAU
TOUTE LA JOURNÉE.
ELLE SE FAIT JUSTICE!

Une photo représentait la « justicière » : une forte femme coiffée d'un chapeau de gendarme et entourée d'une famille éplorée.

Au-dessous, on lisait en caractères plus petits :

Il ne semble pas que le Chef de l'Etat désire qu'une large publicité soit donnée à cette affaire.

Sur quoi je fus éveillé par une rafale particulièrement violente en durée et en intensité. MIMILE faisait du zèle, ces temps-ci, ayant à se faire pardonner une récente et trop impétueuse campagne contre la mévente des spiritueux. Baignant dans des effluves de choux pourris, ma cervelle congestionnée enregistra machinalement l'apparition d'un bruit nouveau sous la forme du crépitement vrombissant d'un marteau pneumatique. (Je sus par la suite qu'on défonçait le trottoir de ma rue afin d'élargir la chaussée et de permettre aux automobiles d'incommoder plus aisément par leurs éructations discordantes, nauséabondes et fumigènes, les résidents circonvoisins.)

En proie à la colère et à la migraine, je ne m'attardai pas à percer le sens du rêve qui venait de me visiter, pourquoi la justicière portait un chapeau de gendarme ni ce que le chef de l'Etat avait à voir en l'affaire. C'étaient là des mystères oniriques où un psychanalyste aurait vu quantité de symboles sexuels et de désirs inavouables âprement censurés, mais je ne donnais pas dans ces charlataneries et n'avais pas de temps à perdre.

Puis je me levai d'un bond, enfilai ma vieille robe de chambre et allai, moi, éveiller ma fille aux sons de ma fureur.

Marie-José dormait à poings fermés, en chien de fusil, dans la position du fœtus au repos et suçant son pouce. Je fus un moment tenté de m'attendrir devant cette attitude enfantine d'une jeune fille qui, à l'état de veille, imposait sa loi aux garçons les plus hirsutes. Ma colère reprit aussitôt le dessus et je la secouai par les épaules. Elle me considéra d'un regard torpide, la bouche entrouverte.

– J'ai deux mots à te dire!

– Tu ne pourrais pas me le dire plus tard, marmonna-t-elle. Pour une fois que je n'ai pas cours le matin!...

– Le soir tu sors et le matin tu dors! Il faut te demander un rendez-vous pour te parler?

– Je n'accorde plus de rendez-vous aux hommes. Sinon à un seul, déclara-t-elle en s'étirant avec langueur.

– Je ne suis pas là pour t'entendre réciter ton journal intime.

– Tu as tort : ça pourrait t'intéresser.

– Ce qu'il m'intéresse de savoir pour l'instant, c'est la raison de cette visite in-qua-li-fiable à Agnès! En voilà des manières de débarquer chez les gens un dimanche après-midi, de les envahir avec tes petits complices armés jusqu'aux dents de trompettes et de guitares! Tu ne sais plus ce que tu fais, ma parole! Qu'as-tu donc dans la tête, hein?

– Je savais parfaitement ce que je faisais et je n'ai peut-être rien dans la tête, mais *derrière*, si! Des idées entre autres, contrairement à certains que je ne nommerai pas.

– Agnès a été très défavorablement impressionnée! Et son vieux parent aussi, paraît-il!

– Son vieux... quoi?

– Tu sais parfaitement ce que je veux dire! Le cousin de son père! Pourquoi glousses-tu?

– Moi, je glousse?... Pauvre vieux parent : en me voyant, son cœur a flanché...

– Je t'assure, Marie-José, que j'ai assez d'ennuis comme ça actuellement! Ce n'est pas le moment de venir faire des intrusions grossières chez une femme qui a un caractère si sensible, une foi si scrupuleuse...

– ... et un si vieux parent.

– Que cherches-tu à faire, hein? A tout rompre entre elle et moi? C'est ça que tu veux? Que je finisse mes jours à croupir ici dans le tintamarre et les mauvaises odeurs hein? C'est ça?

Marie-José s'étira en bâillant, la paupière mi-close et le regard filtrant :

– Je ne croyais pas que ma visite avait eu d'aussi mauvais résultats! J'avais cru au contraire m'apercevoir que, depuis, Agnès t'espaçait moins? Non?

– Ta visite n'a rien à y voir. Elle n'observe plus le deuil de son père avec autant de rigueur, c'est tout!

– Je suppose aussi qu'elle voit de moins en moins son vieux parent et que cette ennuyeuse affaire successorale est en voie de règlement?

– Parfaitement. Voilà qui doit bien te contrarier qu'une chose au moins s'arrange, mais c'est comme ça!

– Ça ne me contrarie pas, papa! Au contraire! Et tu ne sais pas tout! Je me demande si je peux te le dire...

– Dis-le ou non, ça te regarde! Mais ne va plus te livrer à des excentricités chez Agnès!

– Pas de danger!... Et tu sais quoi?

Elle émit un petit grognement voluptueux et se recroquevilla sous les draps :

– Je suis amoureuse, papa.

– Félicitations.

– C'est tout l'effet que ça te fait?

– A ton âge, c'est un phénomène courant.

– Plus courant qu'au tien, effectivement!

– Qu'est-ce qu'il joue, celui-là : de la guitare ou de la trompette?

– Des deux!

– Ça promet! En tout cas, j'espère que lui, tu ne le traîneras pas chez Agnès avec ses instruments!

– Je ne pense pas qu'il accepterait.

– Pourquoi? Il est bien élevé?

– Bien élevé, prudent, charmant, spirituel... Il sait choisir ses cravates et il ne se prend pas pour une lumière. Un seul petit défaut : il me propose très souvent de monter prendre un verre chez lui et jamais de m'épouser. Je l'avais pourtant prévenu dès le début qu'entre nous ce serait une affaire sérieuse!

– Bon. Ne fais pas de sottises.

– L'ennui, c'est qu'il faut bien qu'il trouve des compensations ailleurs, sur ce plan-là.

– Quelles compensations? Des filles de mauvaise vie?

– Oh! non! Une femme très bien, très respectable et même assez pieuse sur les bords.

– Pieuse avec un amant? Les femmes vraiment pieuses n'ont pas d'amants, Marie-José : regarde Agnès. Enfin, il vaut mieux qu'il trouve ses compensations avec une femme de ce genre-là qu'avec des rencontres de trottoirs. C'est plus sain.

– Oui, mais ça me pose un cas de conscience! Parce que lui, ça l'empêche de rompre avec la femme respectable; et tant qu'il ne rompt pas avec la femme respectable, elle se figure qu'il tient toujours à elle et elle hésite à refaire sa vie d'un autre côté, tu saisis?

– Elle refera sa vie plus tard! Moi, j'ai bien été obligé de refaire ma vie à cinquante ans!

– Si elle attend d'avoir cinquante ans, l'homme avec qui elle veut refaire sa vie sera peut-être mort!

– Elle la refera avec un autre!

– Ce qui complique un peu les choses, c'est que je connais celui avec qui la femme respectable pourrait refaire sa vie...

– Et alors?

– J'aimerais bien qu'ils refassent leur vie ensemble. Tu crois que je dois le dire à Francis?

– C'est le nouvel élu, Francis?

– Oui. Je l'aime, tu sais, c'est vrai!

– Si tu l'aimes, un bon conseil : ne lui dis rien. On parle toujours trop. Les hommes n'apprécient pas tellement qu'une femme ait l'air au courant de tout et de tous : d'abord, ça les amuse, mais après ils se méfient, ils se rétractent, et ils finissent par disparaître.

– Alors à ton avis, je laisse aller comme ça?

– Mais oui. On en reparlera plus tard. J'ai assez de soucis en tête en ce moment sans m'occuper encore des problèmes des autres et des histoires de coucheries de ton petit ami!

Marie-José se redressa sur un coude et me transperça d'un regard glacial :

– Il y a des gens qui ont une sorte de génie pour dire ce qu'il ne faut pas à qui il ne faut pas quand il ne faut pas. C'est le tact à l'envers.

– Il y a aussi des gens qui ont le génie de rendre visite à qui il ne faut pas quand il ne faut pas. Pour tes complications sentimentales, tu peux t'adresser aux courriers du cœur. Pour les miennes, je ne te demande qu'une chose, ne plus importuner Agnès. Compris?

Marie-José secoua la tête avec pitié :

– Tu as de la chance que je sois amoureuse de Francis! Sinon, je le laisserais tomber rien que pour t'embêter!

– Ma pauvre enfant, je ne vois vraiment pas en quoi le fait de laisser ou de ne pas laisser tomber un de tes innombrables flirts pourrait me concerner d'une façon quelconque! Tu te prends pour le nombril du monde, ma parole! J'ai des préoccupations plus sérieuses que tes espiègleries!

– Mes fiançailles, des espiègleries?

– Tu n'es pas encore fiancée, que je sache!

– Je m'y emploie! Et pourtant tu ne le mérites pas! Quelque chose me dit que quand je serai fiancée, tu ne tarderas pas à l'être aussi!

– Que tu parles à tort et à travers, ça m'est égal, j'ai l'habitude. Mais jure-moi que tu n'iras plus importuner Agnès!

– Okay! Tu es content?

– Je suis surtout rassuré. Maintenant, tu peux dormir jusqu'à midi. Bonne nuit!

Je sortis de la chambre en claquant la porte. Je n'aimais pas que ma fille fasse la grasse matinée : on ne va pas loin dans la vie en faisant la grasse matinée. Je sortis de l'appartement, claquant également la porte par la même occasion : je ne voyais pas pourquoi j'eusse été le seul à ne pas m'associer au vacarme général.

Lorsque je mis le pied hors de l'immeuble, trois détonations particulièrement violentes éclatèrent. Une balle, partie derrière mon dos, frôla mon oreille droite, ricocha sur un coin de porte et revint me frapper au bras.

Je sursautai violemment, puis ramassai la balle et la mis dans ma poche.

– Vous voulez bien me la rendre, ma balle?

Le ton du petit garçon était d'une politesse si menaçante que je me sentis déconcerté. Je rendis la balle sans conditions. Un gros titre de journal happa mon regard.

« LES TROUPES SOVIÉTIQUES
FRANCHISSENT
LA FRONTIÈRE TURQUE!... »

Coup au cœur, arrêt de ma circulation : « Cette fois, ça y est! La troisième guerre mondiale a commencé! » Négligeant les détonations incessantes de ciseau à froid des ouvriers municipaux, je me précipitai vers le kiosque à journaux et pus lire au-dessous du titre, en caractères minuscules :

« Si des bases nucléaires américaines y sont installées!... » aurait déclaré à Moscou le maréchal Malinowski.

Coup au cœur pour rien. Il est à noter en passant que le même journal annonçait en seconde page, le début d'une grande enquête sur : *Comment lutter contre les maladies cardiaques et nerveuses, malédiction de l'homme moderne.*

Je m'enfuis, les extrémités glacées et transpirantes, frémissant d'angoisse et de colère, l'odorat souillé d'odeurs abominables, l'ouïe retentissant du fracas des machines, poursuivi par la clameur stridente et narquoise :

– Mes belles carottes ménagères, mesdames! Mes belles carottes ménagères!

Oui, je m'enfuis littéralement vers les Tuileries, havre de silence et de paix.

Je parcourus à pas lents le jardin dépouillé de ses

fleurs, de ses bateaux à voiles, de ses jets d'eau, tournant mon visage dans un mélancolique « tête-gauche » vers la gare d'Orsay, tel un régiment vers son père, un tournesol vers la lumière...

Gare d'Orsay, porte entrebâillée sur la Paix, le Silence, le Travail et le Collège de France, et que je ne parvenais pas à ouvrir définitivement.

Ma morosité s'exprimait dans d'interminables soliloques, à la sourde inquiétude des passants furtifs qui croisaient mon chemin. Si l'on veut bien considérer qu'auparavant tous mes soliloques étaient consacrés à Akhenaton et sa révolution religieuse, on appréciera l'ampleur de ma décadence.

De plus en plus incapable de me concentrer sur la vie de mon roi révolutionnaire, malgré les pressantes sollicitations du Pr Sunicoz, j'arguais, en excuses à la lenteur de mon travail, des prétextes oiseux et assez méprisables tels que grippes et occupations annexes absorbantes. (En un sens, je ne mentais pas, et mon voyage à Saint-Gildas-de-Plougoat-Kérénec avait bien été une occupation quelque peu annexe et relativement absorbante.)

Je m'apercevais bien pourtant que cette lenteur au travail et ces faux bulletins de mauvaise santé produisaient sur le professeur une fâcheuse impression.

Il fallait être dans ma peau pour comprendre! Enfermé dans ma carcasse sensibilisée au moindre bruit parasite, à la moindre odeur méphitique! Chacun, en ce bas monde aspire à son petit salut et le fait comme il peut. Le mien résidait dans le silence et l'air pur. J'avais mis à le faire une bonne volonté et même une énergie dont peu se seraient montrés capables mais un obstacle chaque fois renaissait. Et maintenant, par une cruelle ironie du sort, il fallait que mon salut dépendît d'un scrupule religieux!

Mais le propre d'un scrupule raisonnable est d'être temporaire : ou bien il ne dure pas et il devient du remords, ou bien il dure trop, et il devient du regret.

Or, le remords est préférable au regret, dans la mesure où l'action est préférable à l'inaction. Ainsi, j'éprouvais parfois (et bien fugitivement) quelques remords d'avoir frappé un peu vivement le père d'Agnès, mais j'aurais éprouvé énormément de regrets si je ne l'avais point fait.

S'associant alors à cette notion de scrupule transitoire et se mixant, tel un commentaire de film, à ma vision panoramique de la gare d'Orsay, retentirent à mes oreilles les rares paroles sensées qu'ait jamais prononcées Marie-José :

... Une fois veuve, Agnès ne serait plus divorcée : le mariage serait dissous... Elle pourrait se remarier à l'église... Il n'y aurait plus de scrupule religieux qui tienne...

Toutes les idées décisives ressemblent à des lapalissades : *Je pense, donc je suis... Une veuve n'est plus une divorcée.* Une divorcée ne peut se remarier à l'église, une veuve le peut... Bénies soient les veuves!...

Au même instant, les rayons rougissants du timide soleil hivernal empourprèrent les vitres de la gare d'Orsay.

Je sais qu'à mon lecteur posthume et sensible, de telles pensées paraîtront criminelles.

Je craindrais de lasser en plaidant encore les circonstances atténuantes; je me contenterai donc d'attirer l'attention sur le fait que la Providence m'avait en quelque sorte beaucoup trop gâté pour mon premier homicide. Elle avait favorisé mes débuts avec une bienveillance qu'il était excusable de trouver encourageante.

Sans aller jusqu'à la griserie, j'avais conservé de mon aventure avec l'ancien charpentier de marine l'impression – fausse, il faut l'espérer – qu'il était beaucoup plus facile que je n'avais cru de tuer impunément. Je n'ignorais pas ce que je devais à la chance bien connue des débutants, mais je n'ignorais pas non plus que la chance est faite pour être tentée.

En outre, mon impunité avait été due en grande partie au fait que le charpentier et moi nous connaissions fort peu et que la police, ne soupçonnant même pas mon existence, n'avait pu établir un rapport de cause à effet.

Or, cette conjoncture favorable se reproduisait avec plus de bonheur encore dans le cas d'un homme qui était divorcé d'avec Agnès depuis plus de quatre ans et qu'elle n'avait pas revu depuis. Il est extrêmement aisé d'envisager la mort d'un homme que l'on ne connaît pas. Je suppose qu'un mari désirant tuer une femme encombrante, un amant désirant tuer une maîtresse compromettante, un héritier désirant tuer un oncle richissime, je suppose que tous doivent éprouver des scrupules assez vifs avant de se décider, la fréquentation plus ou moins régulière du futur défunt leur ayant donné pour lui une sorte d'attachement. L'intérêt l'emporte le plus souvent, mais on a hésité, on a souffert.

En ce qui me concerne, que savais-je de Jacques Devillard? Qu'il avait abandonné Agnès; qu'il avait violé le sacrement du mariage en divorçant malgré elle; qu'il ne lui avait pas témoigné le moindre signe de sympathie au moment de la mort de son père; qu'il exerçait une profession frivole et même nuisible, corrompant la jeunesse, exerçant sur les fanatiques des salles obscures la plus détestable fascination, et contribuant ainsi à la dégradation de la moralité publique déjà si basse. La disparition d'un tel individu ne me semblait pas de nature à éveiller a priori des scrupules exagérés, ni a posteriori des remords à la Raskolnikoff.

Sur ce, que mon lecteur posthume et convaincu,

me regarde tourner résolument le dos à la gare d'Orsay, retraverser les Tuileries d'un pas ailé, et me retrouver à l'intersection de la rue de Rivoli et de l'avenue Paul Déroulède, lieu où, l'on s'en souviendra peut-être, j'avais fait si romanesquement la connaissance d'Agnès. Je vis là un signe favorable : elle m'avait sauvé la vie, je faisais tout pour partager la sienne, il y avait dans ce retour aux sources comme le symbole de la permanence de notre destin commun.

J'entrai dans un café-tabac de la rue de Rivoli, descendis au sous-sol et consultai l'annuaire téléphonique dans une odeur de désinfectant et sous l'œil cyclopéen d'une pièce de vingt centimes collée sur la soucoupe de la dame des lavabos. Il y avait une vertigineuse collection de *Devillard* (ce qui provoquera peut-être les récriminations de lecteurs posthumes et homonymes), mais il n'y avait qu'un *Devillard, Jacques,* dont je notai le numéro... que, par un surcroît de prudence, j'allai composer dans la cabine d'un autre café-tabac, en présence de la même odeur désinfectante et de la même pièce solitaire.

– Allô? Qui est à l'appareil?

– Pourrais-je parler à M. Devillard?

– De la part de qui?

– D'un comédien.

– M. Devillard dort, monsieur. Il a tourné en extérieurs toute la nuit. Voulez-vous téléphoner cet après-midi à la Production?

Je n'avais eu d'autre intention, en appelant ce numéro que de vérifier si ce Devillard Jacques était bien réalisateur de films. Mais les paroles de l'obligeante soubrette (à moins que ce ne fût la concubine en exercice, ou les deux à la fois) m'entraînèrent à demander le numéro de la Production :

– Je ne connais pas le numéro. Vous le trouverez dans l'annuaire : Delta-Films.

Nouvelle séance d'annuaire tandis que les mots

« nuits » et « extérieurs » chantaient à mes oreilles : pour le succès de mon entreprise, les ténèbres extérieures pouvaient se révéler favorables.

D'un troisième café-tabac (ces étapes téléphoniques me rapprochaient de mon domicile), j'appelai Delta-Films. Je pris pour demander M. Jacques Devillard un ton sec et pressé qui produisit un effet assez dévastateur sur une secrétaire dont la panique semblait être déjà l'état naturel :

– M. Devillard? Il n'est pas là... heu, ce matin, heu... Monsieur... heu!...

– Ah! que c'est fâcheux! Savez-vous s'il tournera encore en extérieurs cette nuit?

– Beuh... Heu... Monsieur... Je vais consulter le plan de travail...

Un instant passa. J'espérais simplement qu'elle n'allait appeler personne à l'aide, et qu'une voix rogue ne viendrait pas me demander qui j'étais et de quoi je me mêlais...

Mais non, ce fut la chère même voix aiguë et spasmodique qui me répondit :

– Allô? Oui, monsieur, heu, Devillard... travaille cette nuit... en extérieurs... heu!

– Toujours au même endroit?

– Non... Heu... Au Bois de Boulogne...

– Où cela exactement? Dépêchez-vous, mademoiselle, je vous prie!

– Oui, oui, oui! Heu!... Près de la mare Saint-Jean, entre l'allée de la Reine Hortense, le chemin de la Longue-Queue et la route de la Butte-Mortemart...

– Merci!

Et je raccrochai, plein de reconnaissance envers cette secrétaire qui avait mis à me renseigner une émouvante précipitation. Sans doute ignorait-elle à quoi je devais utiliser ces renseignements. Ou peut-être sa voix de pythonisse n'était-elle que l'écho d'une volonté divine?

L'aisance avec laquelle mon projet prenait corps me donnait des velléités de mysticisme : il est plus facile pour un esprit fort de refuser l'humiliation des prières, que de résister à la douceur des actions de grâces...

Je revins chez moi sans plan préconçu, mais avec l'idée bien arrêtée de retrouver un pistolet de guerre allemand dont j'étais entré en possession au cours de ma campagne de Tripolitaine.

Je ne m'en étais pas emparé de haute lutte, mais un jour où, tout à fait par hasard, j'avais trébuché sur le cadavre d'un homme de l'Afrikakorps. Non sans répugnance, je m'étais emparé de son pistolet, un Walther 9 m/m, avec la pensée qu'en temps de guerre une arme à feu peut toujours être utile à un militaire. Les Alliés n'avaient pas jugé bon de nous en distribuer sous prétexte que nous appartenions aux Services Secrets, et que l'arme d'un décrypteur doit être sa subtilité.

Toujours est-il qu'à mes moments perdus un camarade m'initia aux mystères du Walther, mystères qui me laissèrent dans une indifférence voisine de l'hostilité. Je n'aimais guère le bruit déjà à cette époque, le bruit des détonations moins que tout autre. Je m'exerçai à tirer deux ou trois fois, exercice dont je ne recueillis qu'une jouissance limitée, un grand mal au poignet et la conviction qu'il était fort heureux que l'arme du décrypteur fût sa subtilité. J'appris de meilleure grâce, en raison du silence de l'opération, à décharger, nettoyer et recharger le Walther. On ne peut comparer nos relations à celles d'un shérif et de son fidèle pistolet. Les nôtres furent toujours courtoises, mais distantes. A la fin de la guerre, je vidai courtoisement le chargeur du Walther, et les enfouis profondément, ses balles et lui, dans une de mes cantines. Lors de mon expulsion d'Egypte, ils échappèrent aux investigations nonchalantes des policiers du colonel. Le Walther devait donc toujours se trouver au fond de la cantine. J'avais eu autre chose à faire, depuis mon arrivée en France, qu'à m'occuper de lui et veiller à son bon entretien. J'espérais pourtant qu'il se trouvait toujours en état de fonctionner. Je mettais tous mes espoirs dans la qualité de fabrication du matériel nazi.

J'eus la désagréable surprise, en rentrant chez moi, d'y retrouver Marie-José.

– Tiens! dit-elle, te revoilà déjà? D'où sors-tu?

– J'ai fait un petit tour. Et toi, pas encore partie?

– Je t'ai déjà dit que je n'avais pas cours ce matin. Mais tu n'écoutes jamais ce que je te dis.

Je n'avais ni le temps ni l'envie d'entamer une nouvelle polémique avec ma fille. J'entrai dans ma chambre et entrepris incontinent de fouiller mes cantines.

– Qu'est-ce que tu cherches?

Nonchalamment adossée au chambranle de la porte, Marie-José me regardait en mordillant une tartine (cet appétit de tartines de beurre chez une jeune fille de dix-huit ans m'avait souvent intrigué). Je voyais sa prunelle luire de cet éclat langoureux que j'avais déjà remarqué quelques heures plus tôt à son réveil. Tout : la grâce de l'attitude, la palpitation de la narine, les voluptueuses contorsions des pieds dans les pantoufles, tout proclamait que ma fille appréciait sa tartine de beurre en rêvant à l'amour. Que l'amour naquît chez la fille au moment où le père projetait la mort d'un homme aurait pu d'autre part donner lieu à d'intéressants développements philosophiques et même poétiques. Mais les problèmes matériels dominaient pour l'instant : je devais retrouver le Walther et ses balles.

– Dis, qu'est-ce que tu cherches? insista Marie-José.

– Un dossier important.

– Je peux t'aider?
– Non merci.
– Ça t'ennuie si je te parle de lui, papa?
– De qui?
– De Francis.
– Tu m'en parleras plus tard. J'ai à faire.
– Je ne lui ai pas encore parlé de toi, moi.
– Je suppose que vous avez d'autres sujets de conversation.
– Celui-là pourrait l'intéresser...
– Je ne vois pas en quoi.
– Vous avez peut-être des relations communes.
– Il est égyptologue? Il a habité Le Caire?
– Oh, non!
– Il s'est intéressé aux hiéroglyphes?
– Pas précisément aux hiéroglyphes.
– Alors, je ne vois pas ce que nous pourrions avoir en commun.
– Eh ben..., fit Marie-José avec un petit claquement de la langue.

J'avais beau être un fervent de l'antiquité égyptienne, ma fille m'exaspérait lorsqu'elle prenait des airs de sphinx :

– Ecoute, dis-je sèchement, nous parlerons un autre jour, veux-tu? Aujourd'hui, j'ai du travail. Et c'est pour toi que je travaille. Pour pouvoir un jour te céder cet appartement. Alors sois gentille et laisse-moi travailler.

Elle me lança un long regard indéfinissable à la fois déçu, hésitant, méprisant, apitoyé et méditatif. Puis sans un mot, elle sortit et referma la porte.

Je vidai frénétiquement une cantine sans rien trouver d'autre qu'un important document que j'avais cherché sans succès deux ans plus tôt, et m'attaquai à la deuxième. Je dénichai les balles sous des photocopies de la correspondance échangée entre Akhenaton et ses vassaux de Palestine et de Syrie. Le Walther parut bientôt à son tour sous la reproduction photographique d'une statue d'Osiris. S'il veut bien se souvenir qu'Osiris était le Dieu des Morts, le Lecteur accordera au Hasard beaucoup d'à-propos narquois ou beaucoup de mauvais goût facile. J'attendis avec impatience le départ de Marie-José pour nettoyer l'arme et la charger. Après avoir mis le cran de sûreté, je la glissai dans la poche de mon pardessus. Il ne me restait plus qu'à patienter jusqu'à la nuit. Je passai un après-midi assez fiévreux, incapable d'envisager le moindre plan.

D'ailleurs, ma première expérience en ce domaine m'avait appris que l'absence de plan n'est pas fatalement un motif d'échec.

A 21 heures, je partis pour le Bois de Boulogne. Le temps étant incertain et assez froid, je portais le pull-over qu'Agnès m'avait offert. Considérant le sort de son destinataire initial, ce vêtement pouvait non seulement me protéger des rigueurs de la température, mais encore et sur un plan moins bassement matériel, me soutenir moralement dans ma délicate entreprise.

11

Encore Lionel Fribourg

J'avais repéré non sans mal sur la carte le quadrilatère compris entre la mare Saint-Jean, l'allée de la Reine Hortense, le chemin de la Longue-Queue et la route de la Butte-Mortemart.

J'eus plus grand mal encore à le découvrir sur le terrain, terrain d'ailleurs régulièrement détrempé par une averse courte mais rageuse.

Pour un homme de mon âge et de ma culture, errer dans la boue du Bois de Boulogne avec un pistolet dans la poche à la recherche d'endroits aux noms vaudevillesques, constituait un exercice choquant et très désagréable. Ma précédente expérience s'était quasiment déroulée sous le crachin, j'eusse aimé que celle-ci fût mieux favorisée par le temps.

Ces circonstances atmosphériques défavorables m'irritaient d'autant plus que, sans être particulièrement initié aux secrets des prises de vues cinématographiques, je savais qu'elles sont malaisées sous la pluie, et je craignais beaucoup que Jacques Devillard ait reporté à des nuits plus clémentes son tournage en extérieurs.

Les lourds nuages fuligineux s'effilochaient parfois sous la poussée du vent et laissaient apparaître une lune informe et malveillante.

Enfin, après bien des marches et contre-marches que multipliaient mon mauvais sens de l'orientation et mon prudent parti-pris de ne demander ma route à aucun automobiliste, mon regard fut attiré par des lueurs insolites à travers les arbres.

Je m'approchai et constatai avec satisfaction que j'étais au but : dans une clairière, s'activaient une vingtaine de personnes, quelques-unes sous l'éclat violent de projecteurs et toutes sous le regard avide d'une trentaine de curieux.

Comment ces curieux avaient-ils déniché cet endroit sans le chercher expressément, que faisaient-ils à cette heure dans les profondeurs du Bois de Boulogne, quelle curiosité, plus forte que l'instinct de conservation, les poussait à lutter contre les éléments pour regarder travailler leurs semblables, ce sont-là les mystères de Paris et mon propos n'est point de les élucider.

Mon propos était d'examiner la situation avec sang-froid (et mon sang n'aurait guère pu être plus froid; il était glacé), afin de démêler le parti que j'en pouvais tirer.

Je me fondis donc dans le misérable groupe des curieux, me contentant pour le début d'écouter et de regarder. Je connaissais très mal le maniement du Walther et pas du tout le visage de mon adversaire.

Au centre de la clairière, sous la lumière des projecteurs, un jeune homme parlait avec animation, entouré de cinq jeunes femmes très maquillées, frileusement contractées dans des manteaux ou des imperméables.

– Merde, mes minouches, dit le jeune homme (il était petit, le cheveu rare, avec un visage plissé, ratatiné, rosâtre et pubescent de vieux bébé). Merde, donc, dit-il, mes minouches, ayez l'air un peu dans le coup! Vous avez vraiment l'air de penser à autre chose!

– Je pense à mon lit, répondit une des minouches hargneusement.

– Ça se voit, reprit Vieux-Bébé d'un ton chagrin; ton regard devrait exprimer une haine indicible contre un homme qui t'a violée et tout ce qu'on peut y lire, c'est : « Vivement ce soir qu'on se couche!... » (Il jeta, à l'intention des électriciens : Eteignez vos lanternes, les enfants. Les projecteurs s'éteignirent, laissant des flaques éblouissantes au fond de nos rétines.) Je m'en fous, reprit Vieux-Bébé avec colère en se retournant vers les minouches, on passera la nuit s'il le faut, mais on y arrivera, c'est moi qui vous le dis!

– Toute la nuit, mon cul! grogna près d'un projecteur un homme en cotte bleue qui devait fréquenter les mêmes amies que ma fille. Il la passera tout seul, sa nuit!

Je considérai cet homme sans bienveillance, car un marteau était passé en travers de sa ceinture et un autre dépassait de sa poche. En outre, il suçait des clous.

– Je claque des dents! dit une des minouches. Et si ça continue, je vais claquer tout court.

– Ah, ah! ricana l'homme aux marteaux, depuis quand qu' les p'tites poules ont des dents?

Vieux-Bébé se tourna vers une jeune femme en pantalon et à l'air anémique assise près de la caméra :

– On en est à combien de prises pour cette scène?

– Neuf.

– Neuf prises, les enfants! s'exclama Vieux-Bébé, c'est merveilleux, on se croirait chez Clouzot!

– Jacques, lui lança un homme chauve qui regardait fiévreusement sa montre, je te rappelle qu'on n'est pas chez Clouzot et que la pluie peut redégringoler d'une minute à l'autre! Alors, il serait peut-être bon de mettre la scène dans la boîte une bonne fois pour toutes, hein, mon coco?

Cette précieuse tirade m'apprit donc que Vieux-

Bébé était – comme je m'en doutais depuis un moment – le destructeur du foyer d'Agnès, le violateur des sacrements matrimoniaux, le fouleur aux pieds des convictions religieuses et en bref, l'homme à abattre.

Le problème était évidemment de savoir comment l'abattre devant tant de monde et sans le rater. Je ne sais pas exactement ce que je m'étais imaginé : me trouver en tête à tête avec l'homme au milieu des bois comme je m'étais trouvé en tête-à-tête avec le vétéran marteleur, mais le fait est que j'étais vaguement déçu et même découragé.

– On y va, les enfants! cria sur ces entrefaites Jacques Devillard (que je continuerai à appeler Vieux-Bébé, ce surnom le peignant parfaitement). Rallumez tout!

– C'est parti, mon kiki!

La lueur des projecteurs inonda de nouveau la clairière.

– Je voudrais un sandwich au veau! psalmodia Vieux-Bébé, si vous saviez comme j'ai envie d'un sandwich au veau!

A mon avis, ce n'était pas difficile : il n'avait qu'à s'introduire entre deux tranches de pain. Malgré mon désir de ne pas me faire remarquer, je demandai à l'un des curieux le titre du film que l'on tournait. Mais c'était un curieux de type gorille et sans curiosité : il haussa les épaules en signe d'ignorance. Son voisin, un curieux plus efficace de type gallinacé, me renseigna :

– « Balles de Nuits ». Bal-*les* de nuit! Astucieux, hein?

– Pourquoi? On tire des coups de feu?

– Silence tout le monde! hurla Vieux-Bébé.

– Silence! glapit en écho un malingre et barbichu jeune homme.

– En place, vite!

Les cinq jeunes femmes ôtèrent leurs manteaux ou

imperméables et apparurent aux trois quarts nues sous des haillons soigneusement déchirés devant et derrière. Les curieux retinrent leur souffle. Les femmes en haillons grelottaient.

– Moteur! cria Vieux-Bébé.

– Ça tourne! répondit l'homme derrière la caméra.

Après quoi, à ma grande surprise, Vieux-Bébé se laissa glisser à terre, sur le dos, les mains croisées sous les reins.

Un machiniste en cotte bleue, hérissé lui aussi de marteaux, présenta face à l'appareil une espèce d'ardoise en annonçant :

– « Balles de Nuit » – 390 – 10e!...

Puis il s'éclipsa. Vieux-Bébé cria : « Partez! » et fit exprimer à son visage la terreur la plus abjecte.

Alors, les cinq femmes en haillons défilèrent devant lui, tentant de distendre leurs traits morfondus dans un rictus de haine, et tour à tour lui tirèrent dans le ventre un coup de pistolet. A chaque détonation, Vieux-Bébé tressauta, se convulsa, se tordit et poussa des braillements de douleur qui furent vivement goûtés des curieux. Lorsque la dernière fille eut tiré le cinquième coup de feu, Vieux-Bébé cessa ses hurlements et cria :

– Coupez!

Il se releva. Les cinq filles lâchèrent leurs armes et enfilèrent précipitamment leurs manteaux.

– C'est bon pour moi! cria l'homme derrière la caméra.

– Pas pour moi! fit Vieux-Bébé.

– Allons, bon! fit l'Homme Chauve en consultant sa montre. Quoi donc?

– Mes minouches! poursuivit Vieux-Bébé sans se soucier de lui et en se tournant vers les demoiselles grelottantes : Mes minouches, ce n'est pas ça du tout! Pendant que vous me tirez dans le ventre, je voudrais voir dans votre regard la haine, mais aussi une sorte de déchirante tendresse pour cet homme qui les a violées et dont elles se vengent, mais dont elles regrettent obscurément aussi les outrages. Vous me comprenez? Elles lui tirent dans le ventre pour qu'il souffre mieux et plus longtemps, mais en même temps par un inconscient rappel de la volupté violente qu'il leur a procurée! Et les cinq revolvers, dans cette scène, sont autant de symboles phalliques! Si vous n'êtes pas capables de rendre tout cela évident pour le spectateur, alors autant aller vendre des petits pois.

Une des jeunes personnes fit observer que de toute façon elles allaient attraper la crève; une autre demanda ce qu'était un symbole phallique; un machiniste s'offrit à lui en montrer un quand elle voudrait et le caméraman conclut qu'on n'était pas sorti de l'auberge.

– Je veux, insista Vieux-Bébé, que cette scène transpire d'érotisme, de haine, de tendresse et de poésie. L'anecdote, je m'en fous. Je la transcende.

Ces paroles m'écœuraient infiniment car il était clair que le film en cours flatterait les plus vils instincts par son apologie de la violence et sa basse pornographie. Quant à la tendresse, et la poésie, en des circonstances plus gaies, j'en aurais souri : ces petits jeunes gens abandonnant femme et foyer étaient toujours les premiers à parler bien haut de tendresse et de poésie!

Une des jeunes personnes éternua à trois reprises et jura comme une païenne. Je demandai au curieux de type gallinacé pourquoi ces filles se trouvaient ainsi en haillons et à quelles nécessités dramatiques cela se rapportait. Il me répondit qu'à son avis c'était pour que l'on puisse voir plus facilement leurs fesses. Cette réponse grossière et gloussante ne me satisfit pas. J'en fus donc réduit à la supposition la plus vraisemblable, à savoir que dans l'histoire, les filles s'étaient échappées d'un endroit où elles étaient retenues prisonnières et avaient marché longtemps dans la forêt avant d'assouvir leur vengeance. Je donne cette explication pour ce qu'elle vaut, à l'usage des lecteurs posthumes et cinéphiles.

Quant à ceux plus vivement intéressés par le côté criminel de mon entreprise, je suppose qu'ils ont déjà compris tout le parti que je pouvais tirer de la situation. Je me montrais presque inquiet des chances offertes par la Providence, méfiant devant tant de perches tendues tel un fauve devant un appât piégé. Que mon Vieux-Bébé fût acteur dans le film qu'il mettait en scène et que je fusse arrivé au moment même où l'imagination du scénariste voulait que cinq filles lui tirent successivement dans le ventre prouvait d'abord l'ineptie du scénario, et aussi une extraordinaire bonne volonté de la part des puissances supérieures. Mais pour une fois où un scénario pouvait servir à des fins constructives, je n'avais pas le droit d'en faire fi.

Deux difficultés pourtant se présentaient : d'abord, où ces cinq jeunes femmes laissaient-elles leurs armes pendant les pauses? Eh bien, c'était selon : certaines les déposaient dans un panier placé à cet effet, certaines les laissaient sur des souches ou des troncs abattus. Seules, ces dernières m'intéressaient. Ensuite, ces cinq jeunes femmes visaient-elles convenablement? Eh bien, c'était également selon. La plupart du temps, elles fermaient les yeux et tiraient au jugé en direction approximative du nombril détesté. Dans la réalité, la balle se fût allée perdre à un ou deux bons mètres de là. Une seule semblait posséder cette notion, capitale en balistique, que pour atteindre une cible, il faut pointer sur elle. Malheureusement, personne n'est parfait, et cette tireuse était également de celles qui déposaient soigneusement leur revolver dans le panier.

Restait encore à savoir si une blessure au ventre serait mortelle. Le scénariste semblait estimer qu'il en fallait cinq « pour qu'un homme souffre mieux et plus longtemps », mais il ne disait pas si une seule balle tuait. La durée ni la qualité de la souffrance ne m'importaient beaucoup : je n'étais point scénariste, moi, je ne prétendais pas apporter aux foules de frissons malsains. La mort rapide me suffisait.

Cependant, je n'eus pas le loisir de réfléchir plus longtemps :

– Alors, cria l'Homme Chauve en consultant sa montre, on peut y aller, Jacques?

– Ça vient, mon Toto! T'es t'y payé pour participer à un bon film ou à de la merde?

– Je suis payé pour qu'on ne perde pas de temps!

– Moi, dit l'homme derrière la caméra, je ne voudrais pas me mêler de ce qui ne me regarde pas, mais je vous préviens que la lune se tire, mes cocos. Ou que les nuages avancent, ce qui revient au même.

Vieux-Bébé jura le saint nom du Seigneur et leva vers le ciel un nez tout épaté de se trouver au milieu d'une si vilaine figure :

– Ah! la garce! Mais c'est vrai, qu'elle se tire! Non! Elle ne peut pas me faire ça! Je veux absolument mon effet de lune, dans ce plan-là!

– Il en a cinq, effets de lune, ricana le Grossier Curieux de type gallinacé.

Mais, par un phénomène grégaire et panurgien, il tendit son cou de poulet et se mit à surveiller la lune comme faisaient les autres badauds à l'exemple des techniciens.

Je me mis alors à agir avec une aisance qui me surprit moi-même par la suite : je fis un pas hors du cercle des curieux et me déplaçai insensiblement vers une souche d'arbre où l'une des cinq jeunes femmes avait posé son pistolet. Il était de taille moins imposante que le mien, mais le temps n'était plus à ces détails. Je sortis avec précautions de ma poche le fidèle Walther, puis laissai retomber mon bras armé le long de mon corps. Je débloquai le cran de sûreté. Personne ne me regardait. Je déposai Fidèle-Walther à côté de l'autre pistolet. Je relevai les yeux. Aucun témoin : ceux qui ne regardaient pas la lune regardaient les filles. Les projecteurs étaient demeurés allumés, éblouissaient les yeux et rendaient plus obscures les ténèbres voisines. Je retirai l'autre pistolet qui remplaça dans ma poche Fidèle-Walther. Insensiblement, je me rapprochai du cercle des curieux. Les dés étaient jetés.

Vieux-Bébé surveillait toujours la lune :

– Si elle se barre, dit-il, tant pis, j'abandonne. On se contentera des prises qu'on a.

Je frémis.

– Elle revient, dit l'homme près de la caméra. Tu l'auras, ta lune, mais grouille, elle va pas rester là à t'attendre!

Vieux-Bébé frappa frénétiquement dans ses mains :

– En place, les enfants! Vite! Vite!

Les filles ôtèrent leurs manteaux et se précipitèrent sur leurs armes. Je détournai la tête. Mon angoisse était presque insupportable. Je ne voulais pas savoir à qui allait échoir Fidèle-Walther. Je contemplai l'épaule de mon Curieux-Gallinacé et le tissu élimé de son pardessus. J'entendis une voix féminine demandant :

– Qui a pris mon revolver?

Puis la voix doucereusement menaçante de Vieux-Bébé :

– Tu l'as perdu, Minouche?

– Non, mais ce n'est pas le même!

– Qu'est-ce que tu en as à foutre, que ce soit le même ou un autre?

– Il est plus lourd!

– Tu le déchargeras à deux mains, ça fera plus vrai!

– J'aimais mieux l'autre!

– Elle est emmerdante, je vous jure! Tu as fini de faire des manières?

– Vous voulez saboter la production ou quoi? demanda la voix de l'Homme-Chauve.

– De toute façon, ils sont tous chargés à blanc, dit une autre voix. Je les ai vérifiés moi-même.

– Et puis, reprit la voix de Vieux-Bébé, quand on se sert d'un revolver comme toi, on ne fait pas la difficile! Tu tiens ça comme un manche à balai! On dirait que tu as la trouille que ça t'éclate à la figure!

– C'est exactement la trouille que j'ai, dit la minouche.

– Et ça veut faire du cinéma! Faut savoir tout faire pour faire du cinéma! Monter à cheval, escalader un donjon, sauter d'une maison en feu, et tirer au revolver! Tiens-le bien en main, là, comme ça! Le fait est qu'il est lourd, son flingue! Ecoute-moi : quand je suis par terre, tu ne dois pas viser à cinquante centimètres à gauche ou à cinquante centimètres à droite! Faut que les gens y croient, bon Dieu! Vise juste au-dessous du nombril à bout portant! C'est pas sorcier, non?

Bien que n'étant pas un fervent admirateur de Vieux-Bébé, je ne pus m'empêcher d'approuver vivement en moi-même la précision des conseils et la vigeur du ton : mon avenir ne pouvait être saboté par la maladresse d'une petite dinde.

– Bon, j'essaierai! dit la minouche d'une voix soumise.

– La lune va se rebarrer! annonça l'homme près de la caméra. Et il va se remettre à flotter! Grouillez-vous!

– Allons-y, les enfants! Et que ça pète le feu! Cette fois, c'est la bonne!

A ce moment seulement, je m'arrachai à la contemplation du tissu élimé pour reporter toute mon attention au déroulement des opérations : Vieux-Bébé s'était laissé tomber à terre. Près de lui, les minouches attendaient revolver au poing l'instant d'entrer en action. Laquelle avait Fidèle-Walther? Je ne connaissais que sa voix plaintive et elles étaient à présent muettes et tendues. Etait-ce la Brune à l'œil craintif, la Blonde à l'air niais, la Rousse au nez pinailleur, l'Auburn aux lèvres méchantes ou la Châtain-clair prognathe? La tournure « roulette russe » prise par les événements commençait à devenir excitante, même pour un esprit comme le mien, ennemi des émotions fortes.

– Silence! hurla Vieux-Bébé.

– Silence! répéta en écho le malingre et barbichu jeune homme.

– Moteur! cria Vieux-Bébé.

– Ça tourne.

– « Balles de Nuit » – 390 – 11e!...

– Partez! cria Vieux-Bébé; puis il tordit son visage dans son abominable grimace tendant à exprimer la terreur abjecte.

La Châtain-clair prognathe tira la première. Vieux-Bébé tressauta, se convulsa et poussa les braillements de douleur appropriés, mais je ne les crus pas sincères. Puis s'approcha l'Auburn qui appuya sur la gâchette avec un détachement de mauvais augure : de fait, les convulsions et braillements qui suivirent sentaient fâcheusement l'élaboration. Je fondais beaucoup d'espoirs sur la Brune à l'œil craintif, mais ces espoirs fondirent devant son aisance à tirer son coup de feu : les simagrées de Vieux-Bébé restèrent d'ailleurs désespérément théâtrales. S'avança alors la Rousse au nez pinailleur, et mon cœur sauta : je ne pouvais pas distinguer à cette distance si son revolver était Fidèle-Walther, mais je voyais très bien *qu'elle le tenait à deux mains!* Elle tira. Vieux-Bébé soubresauta comme à l'accoutumée, mais il interrompit ses braillements pour expectorer un grognement bref, étranglé... Ah! quelle leçon eût-ce été là pour des jeunes gens s'intéressant à l'art dramatique et comme ils eussent pu étudier avec intérêt la différence entre le Factice et le Vrai! Quel exemple de sobriété ils en eussent tiré! Autant ce soi-disant comédien faisait de bruit avec sa bouche quand il feignait d'être blessé, autant il en faisait peu dès qu'il l'était réellement.

Il sortit une main de dessous ses reins et se pressa le ventre, instinctivement.

– Il est fou, de faire ça! chuchota l'Homme Chauve, il est censé avoir les bras attachés derrière le dos!

– Chut! fit le petit homme malingre et barbichu; c'est lui le patron, il doit savoir ce qu'il fait!

La Rousse dégagea et alla éternuer hors du champ, sans s'être aperçue de ce qu'elle venait de faire et même apparemment satisfaite d'avoir si bien visé au-dessous du nombril. La Blonde à l'air niais essaya de prendre un air haineux, tira et dégagea. Après quoi tout le monde attendit que Vieux-Bébé commandât « Coupez! » et se relevât.

Mais Vieux-Bébé demeurait étendu sur le sol, raclant la terre d'un talon convulsif, se pressant le ventre avec sollicitude et émettant des gargouillements incongrus.

– Merde! chuchota l'Homme Chauve. Qu'est-ce qu'il se paie! On va pas rester là toute la nuit!

– C'est pour la monteuse, expliqua la jeune femme à l'air anémique assise près de la caméra : les longues fins de plans, ça facilite les enchaînements.

– Tu peux te relever, Pépère! cria le caméraman : la boîte est vide.

– Mais dites donc, mais dites donc! s'exclama l'Homme Chauve, on dirait qu'il saigne?

Effectivement, le sang commençait à sourdre sous les doigts de Vieux-Bébé et maculait son pantalon.

Une des minouches interrompit ses éternuements

pour regarder et poussa un cri. La lune, ainsi qu'elle avait tenté de le faire depuis le début de la scène, s'éclipsa derrière les nuages. La pluie se mit à tomber.

Dans la confusion qui suivit, il me fut tout à fait facile de laisser tomber le revolver chargé à blanc de la poche de mon imperméable sur la souche d'arbre où je l'avais pris : je n'avais aucun intérêt à ce que l'on crût à une substitution volontaire. Je devais donc abandonner Fidèle-Walther sur les lieux de l'action. Quant à moi, je ne jugeai pas utile de m'y attarder. J'essayai d'apprendre si Vieux-Bébé était sérieusement touché, mais personne ne pouvait le savoir. Ni parmi les cinéastes ni parmi les curieux ne se trouvait de représentant de la profession médicale. (Et en un sens c'était fort heureux, car il eût pu apporter des premiers soins sommaires mais efficaces.)

J'aurais apprécié que Vieux-Bébé mourût ou, à tout le moins, entrât en agonie tandis que j'étais là. J'aurais été ainsi assuré de passer la nuit calme d'un homme confiant en l'avenir. Il n'en fut rien et je dus rentrer chez moi sous la pluie, assiégé par les pénibles angoisses de l'incertitude et incommodé par les picotements nasaux d'un rhume de cerveau naissant.

12

Agnès Devillard

Ce soir-là, Francis est venu m'attendre au métro. J'étais contente de le voir parce que comme j'ai dit, il me boudait un peu depuis quelque temps. En plus, j'étais fatiguée, et quand il venait me chercher, il me reconduisait à Athis en voiture. C'était plus reposant que le train et le trajet à pied de la gare à mon pavillon.

Francis n'était pas bavard. Moi, je lui parlais de mes collègues et de ce qu'ils racontaient à propos de la mort de mon père, mais ça n'avait pas l'air de l'intéresser. Il répondait à peine.

Quand je lui en ai fait la réflexion, il m'a dit qu'il n'aimait pas parler en conduisant. Alors, ça a été plus fort que moi, je lui ai répondu du tac au tac :

– Avant, de conduire, ça ne t'empêchait pas de parler avec les mains et c'est pourtant plus dangereux!

Non, mais hein? Quand on est trop gentil avec les gens, ils ont toujours tendance à en abuser! Il faut les remettre à leur place, de temps en temps. Je ne suis pas à cheval sur les convenances, mais je veux qu'on soit poli : avant, quand Francis ne parlait pas, il mettait au moins sa main sur mes genoux ou on allait faire la sieste. Maintenant, plus rien.

Bon. Nous sommes arrivés à mon pavillon. Francis s'est laissé tomber dans un fauteuil, il a caressé un peu « Ma Laideur », et il s'est mis à lire son journal. Pendant ce temps-là, je faisais la cuisine et je donnais à manger aux chats. On croirait peut-être qu'il aurait levé le petit doigt pour m'aider, mais non! Ce n'est pas le travail d'un homme et j'aurais refusé, mais il aurait pu le proposer.

Bon. Nous avons commencé à dîner. Il y avait une bonne soupe bien bouillante avec du bon cassoulet bien chaud :

A la première cuillerée, il fait :

– Ouille, ouille, ouille! mais elle est bouillante, cette soupe!

– De ce temps-là, une bonne soupe chaude, ça fait du bien.

– Quand on s'est brûlé l'œsophage et qu'on attrape des ulcères, on est bien avancé! Ouille, ouille!

– C'est parce que tu manges trop vite.

– Tu ne voudrais pas que je mâche sept fois chaque bouchée? C'est de l'eau chaude!

De l'eau chaude, une soupe faite avec le jus de l'os à gigot du dimanche d'avant!... Mais, bon, je ne dis rien. Je veux être arrangeante. Je sers le cassoulet.

Il renifle le cassoulet comme si c'était – je m'excuse du terme – de l'eau de vaisselle, et il commence à manger d'un air dégoûté.

– Qu'est-ce qu'il y a encore? dis-je. Tu n'aimes pas ça?

– Je déteste le cassoulet.

– C'est excellent!

(Et ça, c'est vrai : on peut poser la question à n'importe qui, tout le monde répondra que le cassoulet est excellent. Alors, quoi : ce n'est pas moi qui invente!)

Il me répond :

– C'est excellent quand on aime les haricots blancs. Personnellement, j'ai horreur des haricots blancs depuis que j'ai été boy-scout!

(Il m'avait raconté l'histoire : ils avaient mangé des haricots qu'ils avaient cuits eux-mêmes pendant un feu de camp, et ils avaient tous été malades la nuit dans la tente.)

– Oui, dis-je, mais à ce moment-là, c'étaient des haricots secs! Ceux-là, ce sont de bons petits haricots tout frais!

– Secs ou frais, je ne les digère pas.

– C'est très sain, dis-je, c'est de la fécule.

(Je le savais : je l'avais lu le matin dans mon magazine.)

Alors, lui, si poli d'habitude, si bien élevé, il me répond une chose, mais une chose que j'ose à peine répéter :

– Fécule! crie-t-il; fécule, mon...

Non, je ne peux pas le dire, c'est trop grossier! Et il ajoute :

– Comme dirait Zazie.

Je dresse l'oreille. Je lui demande :

– Qui est cette Zazie?

Il me répond :

– Ah, ah! Tu ne connais pas. Ce n'est pas ton genre.

– Eh bien, dis-je, je préfère ça! Parce qu'elle m'a l'air d'en avoir un drôle, de genre!

On a fini le cassoulet. Il pèle une mandarine. Il a toujours l'air grognon. Je lui demande :

– Tu restes un peu, ce soir?

(Il y a longtemps qu'il n'est pas resté. Il m'a beaucoup froissé, mais ce serait galant et ça me détendrait les nerfs...)

– Je ne pense pas, dit-il. Ecoute, Agnès, il faut que je te parle...

– Quoi donc?

– On ne va plus pouvoir se voir.

– Comment ça : « plus pouvoir se voir »? Pendant combien de temps?

– Pendant très longtemps.

– Tu pars inspecter des gens en province?
– Non. Je me fiance.

Je reste suffoquée. Il m'a caressée. Il a caressé mes chats, il a mangé mon cassoulet et maintenant, il se fiance! De but en blanc! Sans même m'avoir avertie! Je deviens toute rouge et j'ai envie de pleurer.

– Excuse-moi, dit-il, je savais que je te ferais de la peine...

– Oh, de la peine! dis-je en reniflant; de la peine n'exagérons rien! J'ai beaucoup de chagrin, c'est tout!

– Si tu crois que c'est agréable pour moi!
– Quoi? Tu es *obligé* de te fiancer?
– Non, mais cette scène, en ce moment, avec toi!... J'aurais pu disparaître tout simplement, sans rien te dire! J'ai préféré avoir le courage de rompre franchement. Face à face. Alors, ne m'en fais pas repentir et ne commence pas à pleurer, veux-tu!

Mais je ne peux pas m'empêcher de pleurer. Je le trouve ignoble, mais c'est plus fort que moi : il était si charmant avec ses yeux clairs, ses cheveux blonds, son air rieur! Et voilà que je me le suis fait voler par une autre et que je ne le reverrai jamais plus!

Et puis, brusquement, je comprends tout!

– Je parie que je devine qui c'est, cette fille!
– Quelle fille?
– Ta fiancée!
– Tu ne devines rien du tout.
– Non, mais tu me prends pour une idiote? Tu crois que je ne remarque rien? Que je n'entends rien? Je peux te dire son nom, à cette fille, je la connais!

– Vraiment?

(Il est devenu tout rouge, lui aussi!)

– Tu en as parlé à propos de ma fécule! C'est cette Zazie!

Alors, il se met à se tordre de rire pendant je ne sais combien de temps, en hoquetant : « Ma pauvre

Agnès! Ma pauvre Agnès! »... Si bien que quand j'en ai assez d'être là à pleurer assise sur ma chaise pendant qu'il se tord de rire dans son fauteuil, je me lève, je vais décrocher son pardessus du portemanteau et je le lui jette sur les genoux en disant :

– Il vaut mieux que tu partes, Francis!

Il regarde son manteau, puis moi, se racle la gorge et reprend son sérieux :

– Tu as raison, dit-il.

Il enfile son manteau et tire de sa poche un petit paquet qu'il me tend avec hésitation :

– Tiens, balbutie-t-il; je... j'ai pensé que ça te ferait plaisir...

C'est une boîte de chocolats.

– Tu es vraiment trop gentil, dis-je. Au revoir, Francis.

– Au revoir.

Il tourne le dos, brusquement, et sort de mon pavillon. J'entends son pas dans le jardin. Naturellement, j'ai envie de le rappeler, mais pour quoi faire? Et puis, j'ai mon amour-propre. J'entends son moteur ronfler, puis la voiture qui démarre et s'éloigne...

Machinalement, je dessers la table, je fais la vaisselle. Il me restera encore de la soupe et du cassoulet pour demain. J'essaie de ne penser à rien, mais je suis toute retournée.

Je me sens seule et j'ai froid.

Et puis, tout à coup, je pense à Lionel et me voilà un peu ragaillardie! Ce bon Lionel qui s'est toujours montré si délicat, avec moi, si affectueux, si dévoué, si empressé, toujours à mes côtés quand il m'arrivait un malheur, la mort de papa, par exemple. Dire que je l'ai négligé et maltraité pour un de ces petits blonds aux yeux clairs qui ne m'ont jamais porté bonheur!

Lui, au moins, il ne se fiance pas sans me prévenir. Il ne serait pas capable de tels coups en dessous! Lui, au moins, il m'a demandée en mariage! Dire que je ne savais pas quels prétextes inventer pour refuser! On a bien raison de dire que l'expérience ne profite jamais! J'ai pourtant eu assez d'ennuis avec Jacques mon ex-mari, pour ne pas me laisser embobiner par un blond aux yeux clairs! Tandis que Lionel, pas d'erreur, il est brun, aux yeux noirs. Un peu bilieux, ses yeux noirs, mais c'est un détail! Il vaut mieux un brun bilieux qui vous aime qu'un blond rieur qui vous laisse tomber!

Mais pourvu qu'il ne soit pas trop tard! Pourvu que Lionel ne soit pas fatigué par tous mes refus successifs, par toutes mes durées de deuil et mes scrupules religieux! Je ne pourrais plus rester seule, maintenant, dans mon pavillon!

Je suis tellement fébrile que je décide de lui écrire un mot. Je calcule rapidement : on est vendredi soir; si je lui poste un pneumatique demain matin à Paris, il le recevra à temps pour dimanche.

Je prends mon papier à lettre et mon stylo-bille et j'écris tout d'une traite :

Mon cher Lionel,

Si vous n'aviez rien de mieux à faire, pourriez-vous venir après-demain dimanche déjeuner à Athis? Je serais très heureuse de vous voir.

Avec toute mon amitié,

Agnès

Je cachète l'enveloppe et écris en très gros : PNEUMATIQUE au-dessus de l'adresse.

Je voudrais déjà être à dimanche. Je ne suis pas habituée à tant d'émotions coup sur coup et j'ai le cœur qui bat la chamade. Je ne sais pas si je suis malheureuse que Francis m'ait quittée ou si je suis heureuse d'avoir pris enfin la décision d'épouser Lionel. Au fond, je me suis toujours rendu compte qu'avec Francis, ça ne pouvait pas être sérieux.

Avec Lionel, ce sera sérieux. Je le vois déjà, lui, écrivant son livre sur Tank et Maton dans la chambre du fond. Et rien ne me prouve que quand on sera mariés, il fera pas moins bien la sieste que Francis.

Je frissonne : il ne fait vraiment pas chaud. Et brusquement, je me souviens qu'avec toutes ces histoires, j'ai oublié de descendre à la cave recharger mon chauffage.

Mais je suis tellement agitée que, moi qui ne fume jamais, j'éprouve réellement le besoin d'allumer une cigarette. (J'avais toujours un paquet de cigarettes américaines sur moi, pour le cas où Francis n'en aurait plus sur lui.)

Je descends dans la cave avec ma cigarette et je commence à recharger mon chauffage. Mais je n'ai pas l'habitude de fumer : ça me fait tousser et ça me donne des vertiges. Après trois ou quatre bouffées, je jette ma cigarette et je remonte pour faire ma toilette, me coucher, et lire un peu *Marquise des Anges* avant de m'endormir.

Je n'ai pas beaucoup la tête à dormir. Je prendrais bien un des somnifères que j'ai, mais je ne sais pas s'ils sont très efficaces; je crois que j'en ai pris un, une fois, mais comme je n'arrivais pas à me rappeler si je l'avais pris ou non, ça m'a tenue éveillée toute la nuit!

Alors, pour plus de sûreté, ce soir, j'en prends deux et je m'endors comme une masse.

13

Lionel Fribourg

Ainsi qu'il était à prévoir, je passai une fort mauvaise nuit, ne réussissant à m'endormir que vers le matin d'un sommeil agité.

Dès mon réveil, je descendis acheter la collection des journaux du matin et je les consultai dans le froid et les courants d'air sur un banc des Tuileries. Je fus cruellement déçu, car il n'était fait mention de Jacques Devillard ni à la rubrique des faits divers ni à la rubrique des spectacles. Je jetai avec dépit mes journaux dans la corbeille métallique réservée à cet usage et rentrai chez moi de fort méchante humeur.

Marie-José chantait à tue-tête l'Amourettenfantde Bohaîme en terminant sa toilette. Elle me rejoignit dans la cuisine pour prendre son petit déjeuner :

– Alors, demanda-t-elle d'un ton joyeux, quoi de neuf?

– Qu'entends-tu par « quoi de neuf »? Que veux-tu qu'il y ait de neuf?

– Je ne sais pas, moi! Je te demandais ça comme ça!

– Il n'y a rien de neuf. Rien d'intéressant dans les journaux, en tout cas! Les journalistes ne savent pas faire leur métier!

– Ne sois pas grognon, papa! Je crois que tout est en train de s'arranger pour nous deux.

– Tu dis n'importe quoi.

– Admettons. A propos, Francis vient me chercher, tout à l'heure. Tu ne veux pas que je te le présente?

– J'ai vraiment d'autres soucis actuellement ma petite fille, que de faire des ronds de jambes à tes flirts.

– Ce n'est pas un flirt, déclara Marie-José avec dignité. Nous sommes fiancés. C'est officiel.

– Officiel! Quand moi, ton père, je n'étais même pas au courant! On ne me met jamais au courant de rien! Ni des fiançailles, ni des... enfin, de rien!

– Ne raconte pas d'histoires : il y a des jours et des jours que tu étais au courant. Seulement tu n'y croyais pas. Tu ne crois à rien, d'ailleurs.

– Moi, je ne crois à rien? Ça, par exemple! Je crois au travail. Tout le monde ne pourrait pas en dire autant, n'est-ce pas? Je crois en mon métier! Ce en quoi je ne crois plus du tout, par contre, c'est en la conscience professionnelle des journalistes! Il peut arriver n'importe quoi, on n'est plus informé, on est tenu dans l'ignorance!

– Je ne comprends rien à ce que tu racontes, dit Marie-José. Pour en revenir à Francis...

Finalement, elle réussit à me le présenter, son Francis, lorsqu'il vint la chercher vers les 11 h 30 : un blondinet rieur et que je trouvai personnellement tout à fait insignifiant! Il se déclara quant à lui très honoré de me connaître :

– Nous organisons, Mademoiselle votre fille et moi, une petite réception demain dimanche chez un de mes amis – moi, malheureusement, j'habite à l'hôtel, et ne puis...

– Ces questions de logement sont bien préoccupantes, interrompis-je distraitement, et occasionnent beaucoup de tracas à bien des gens!...

– ... et si vous êtes seul et n'avez rien de mieux à

faire demain, nous serions très heureux si vous vouliez bien être des nôtres...

– Papa sera sans doute encore seul demain, mais je crois qu'ensuite tous ses dimanches seront pris.

– Mademoiselle votre fille m'a en effet laissé entendre que vous-même, bientôt, seriez fiancé?

– Mademoiselle ma fille parle un peu à tort et à travers, dis-je à ce béjaune cérémonieux. (Un garçon qui jouait à la fois de la guitare et de la trompette ne me plaisait guère, on ne pouvait faire tant de bruit à soi tout seul et demeurer honnête homme.)

– J'aurais beaucoup aimé me joindre à vous, repris-je, mais hélas, j'ai actuellement beaucoup de travail, des soucis d'affaires qui ne me laissent nul répit et je craindrais de ne pas montrer la gaieté qui convient à une telle...

– Enfin, si tu changes d'avis, tu me le diras! Nous, on file. Tu viens, Francis?

Ils disparurent en s'adressant des sourires mièvres de cartes postales.

Peu après leur départ, je descendis acheter *France-soir* qui, comme son nom l'indique, commence à paraître à midi.

A la rubrique spectacle, je lus :

« Le jeune réalisateur Jacques Devillard, un des derniers venus, mais non des moins talentueux de la Nouvelle Vague a été accidentellement blessé la nuit dernière, au Bois de Boulogne, pendant une prise de vues de « Balles de Nuit », le film dont il venait de commencer le tournage. Un revolver de guerre chargé à balles avait été glissé par erreur parmi les armes chargées à blanc. On ne s'explique d'ailleurs pas comment cette négligence a pu se produire. L'hypothèse d'une lamentable erreur demeure la seule vraisemblable. Il a été jusqu'ici impossible de déterminer l'origine du revolver. On sait seulement qu'il s'agit d'un Walther allemand de 9 m/m. Mais la

Deuxième Guerre mondiale a introduit sur notre territoire des armes de toutes provenances, et il sera vraisemblablement impossible d'en savoir davantage. La starlette qui a tiré le coup de feu et le régisseur responsable des armes n'ont pas encore été inculpés. Transporté de toute urgence à l'hôpital américain de Neuilly. Jacques Devillard est actuellement dans le coma. Cependant, et vu l'angle sous lequel la balle a été tirée, les médecins demeureraient plutôt optimistes... »

Quant à moi, je demeurais plutôt pessimiste. Les progrès de la médecine moderne m'inquiétaient énormément et l'hôpital américain de Neuilly (renommé pour le nombre de ses malades qui en sortaient dans la position verticale) ne me disait rien qui vaille. La seule lueur d'espoir était précisément dans l'optimisme des médecins, optimisme que le patient se trouve fort souvent dans l'incapacité définitive de partager.

J'attendis avec anxiété les journaux du soir. Las! Jacques Devillard était sorti du coma et avait même prononcé quelques mots (« Coupez! c'est bon pour moi! », prétendaient les Potins de la Commère). La fièvre était un peu tombée. On avait pu extraire la balle. Le chirurgien était optimiste, lui aussi.

Ce fut, encore une fois, mon unique élément de réconfort, mais toute confiance m'avait abandonné : Agnès ne serait pas veuve, ses scrupules religieux demeureraient maîtres de son âme (avec plus de force peut-être encore après ces événements) et je ne pourrais partager ni sa vie ni son toit...

Au moment même où je désespérais, je reçus un pneumatique d'Agnès m'invitant le lendemain même à Athis.

Je passai donc une nouvelle nuit dans les affres de l'incertitude : Agnès avait-elle appris l'accident arrivé à son ancien mari et avait-elle décidé, en signe de quelque obscure expiation de rompre toutes relations avec moi? C'était pourtant peu probable : Agnès ne lisait pas les journaux, se contentant de son magazine hebdomadaire. Avait-elle au contraire changé d'avis et éliminé ses scrupules? Je m'en tins finalement à cette interprétation : pour une femme dont l'activité épistolaire était d'habitude très réduite, et qui n'avait naguère usé du pneumatique que pour me décommander, le style de celui-ci était relativement chaleureux.

C'est donc plein d'espoir que j'arpentai une fois de plus le quai de la gare d'Orsay, puis que je pris place en compagnie d'adultes endimanchés et de marmots vernissés, dans le train en direction d'Ablon. Afin de m'abstraire aussi bien des vagissements extérieurs que de mes petites appréhensions et fols espoirs intérieurs, je me plongeai pendant tout le voyage dans l'ouvrage du Pr Adolphe Erman : *Die Egyptische Religion*, dont la date de parution déjà ancienne n'exclut pas le profond intérêt.

La petite gare d'Ablon, la montée vers Athis-Mons dans le froid sec et pimpant (le mauvais temps des jours précédents avait fait place à un ciel d'un bleu scintillant), l'air tonique et le silence, les boucles de la Seine s'étirant sous la brume matinale, le pépiement des oiseaux, tout cela me plongea plus encore qu'à l'accoutumée dans le ravissement. L'avais-je définitivement gagné ou l'avais-je perdu? Mon anxiété était si forte qu'arrivé au détour de la route après lequel devait apparaître le pavillon d'Agnès, je fermai les yeux et ralentis le pas. Tant d'efforts et tant de fatigues allaient-ils être vains? Serais-je rejeté dans les Ténèbres Extérieures? Ou bien au contraire pouvais-je me permettre d'imaginer la chair au Collège de France et un amphithéâtre de Sorbonne tout bruissant du bavardage des étudiants qui feraient brusquement silence en voyant apparaître leur vénéré professeur en égyptologie?

Allons! Il fallait savoir! Je respirai une grande goulée d'air, rouvris les yeux, repris ma marche et parvins au détour de la route.

Le Pavillon!

14

Agnès Devillard

On peut dire qu'il en resta comme foudroyé, Lionel. J'en étais même un peu froissée : c'est ce qui paraissait l'avoir frappé plus que tout le reste, ce bout de cigarette! Il était blanc comme un linge!

Il le ramassa avec dégoût et précautions comme si c'était de la dynamite :

– Ma chère Agnès! Ma chère Agnès! Je croyais que vous ne fumiez pas!

– Mais je ne fume jamais, Lionel! Avant-hier soir, seulement! J'étais un peu énervée, et...

– Quelle imprudence! Quelle imprudence!

Il jeta la cigarette dans le tas de cendres.

– Je vous ai si souvent avertie! Ces bidons d'essence, ces chiffons!...

– Puisqu'il n'est rien arrivé!

– C'est une chance que la cigarette se soit éteinte d'elle-même! Vous auriez pu provoquer une explosion! Le pavillon aurait pu brûler de fond en comble!

– Et moi aussi, j'aurais brûlé avec!

– Vous aussi, naturellement! Pensez un peu! Ç'aurait été trop horrible, au moment même où vous vous étiez décidée à me faire la joie d'accepter de m'épouser!

– Ça aurait été horrible à n'importe quel moment!

– Bien sûr, bien sûr! Enfin, ma chère Agnès, je vous en conjure, faites attention désormais! D'ailleurs je vais moi-même retirer ces bidons et ces chiffons dès maintenant!

– Non, Lionel! Laissez! Vous venez d'avoir déjà la gentillesse de recharger mon chauffage!

– Désormais, ma chère Agnès, nous serons unis pour le meilleur et pour le pire! Aussi bien pour jouir ensemble de ce bon air que pour recharger le chauffage.

Et il se mit à déménager tous les bidons, et à ranger les chiffons. Il ne regardait pas à la peine, lui. Il était galant. Il se donnait du mal pour m'aider. Ce n'était pas un homme comme Francis. Et puis, il était tellement heureux de m'épouser que c'était vraiment flatteur pour moi :

– Il est seulement un peu regrettable, ma chère Agnès, me dit-il pendant le déjeuner, que votre scrupule religieux ne vous ait pas quittée dès avant-hier!

– Mais c'est justement avant-hier qu'il m'a quittée! répondis-je. Pourquoi donc?

– Ah, si seulement vous m'aviez averti tout de suite! marmonna-t-il d'un air songeur, la fourchette en l'air.

– Eh bien?

– Cela m'aurait évité une nuit blanche!

Il haussa les épaules et eut un petit mouvement de la tête comme s'il chassait une mouche :

– Bah! Ce qui est fait est fait. Ce cassoulet est excellent. Vous êtes un véritable cordon bleu!

Je rougis de plaisir.

– Aviez-vous envisagé quelque chose de particulier pour cet après-midi, ma chère Agnès? reprit-il.

– Ma foi, non, Lionel.

– Eh bien, moi, j'aurais quelque chose à vous proposer!

Je commençai à me demander s'il n'avait pas envie qu'on fasse la sieste, mais non :

– Hier, ma fille m'a présenté son fiancé, un garçon charmant. Ils forment un couple délicieux. Ils m'ont invité à une petite réception qu'ils donnent, cet après-midi. J'avais refusé, en raison de la tristesse de mon humeur....

– Triste à cause de moi, Lionel?

– A cause de vous, chère Agnès, mais puisque tout est arrangé pourquoi n'irions-nous pas ensemble leur faire la surprise d'une visite? Vous feriez ainsi connaissance de celui qui deviendra, si j'ose ainsi m'exprimer, votre gendre par alliance? Ce serait si sympathique d'être réunis tous les quatre pour nos fiançailles respectives? Je sais que vous et ma fille êtes de natures assez opposées. Je me suis moi-même souvent querellé avec Marie-José, tous ces temps-ci. Mais n'est-ce pas le jour d'oublier toutes nos dissensions?

Je dois dire que ça ne m'emballait pas tellement de revoir cette petite peste, mais Lionel semblait y tenir et il n'y avait rien d'intéressant à voir au cinéma.

– Marie-José doit m'avoir laissé l'adresse dans une poche au cas où je changerais d'avis. Ah, la voilà! « Norbert Chevalier, 270 boulevard de Courcelles... »

J'ai donc mis une robe élégante pendant que Lionel caressait « Ma Laideur ». Avant-hier soir, c'était encore Francis qui caressait « Ma Laideur »!...

J'ai regretté de ne pas pouvoir mettre mon collant ni mes bottillons, parce qu'il faisait froid, mais ça n'aurait pas été assez élégant. J'ai simplement mis un bonnet en laine. A propos de laine, j'avais constaté que Lionel avait mis le pull-over de papa et ça m'avait fait plaisir. Ça ne l'avait pas empêché d'ailleurs d'attraper un rhume de cerveau.

On est allés à la gare d'Ablon. On a pris le train.

Lionel me parlait de son travail, de l'Egypte, et comment il comptait mieux protéger les maquettes de papa en les descendant à la cave.

A la gare d'Orsay, on a pris le métro jusqu'à Villiers.

Et voilà qu'à Villiers, en sortant du métro, qui vois-je? J'en ai été toute retournée! Instinctivement, j'ai crié :

– Lionel! Lionel! Ce n'est pas possible!

– Quoi donc? Qu'avez-vous?

– Là! Jacques! Mon ex-mari!

Il a sursauté très violemment, en demandant :

– Hein? Où ça?

Et je lui ai montré la photographie de Jacques en première page d'un journal du kiosque.

Au-dessous de la photo, il y avait écrit : en grosses lettres :

IL TOURNAIT « BALLES DE NUIT »
L'UNE D'ELLES LE TUE!...

« Ce matin, à l'hôpital américain de Neuilly, le jeune réalisateur Jacques Devillard est décédé à la suite d'un accident survenu au cours d'une prise de vues. Le chirurgien déclare : " L'opération avait parfaitement réussi, mais le cœur n'a pas résisté. " " Le cœur n'a pas résisté ", telle est en effet la devise que l'on pourrait mettre en exergue pour résumer la carrière du jeune réalisateur, qui... » (Suite en dernière page, troisième colonne.)

– C'est horrible, Lionel! dis-je. J'ai déjà appris la mort de papa par le journal! Maintenant, c'est la mort de mon ex-mari! C'est horrible!

Il a acheté le journal et a dû me soutenir : j'étais sur le point de me trouver mal. Je répétais :

– C'est affreux! C'est affreux!... J'aurais besoin de prendre quelque chose, quelque chose de fort...

– Nous demanderons aux amis de ma fille; nous sommes presque arrivés : le 270 est à deux pas.

Je m'accrochais à son bras. Je savais à peine où j'étais et où j'allais... Lionel essayait de me réconforter :

– Allons, ma chère Agnès, remettez-vous, voyons! Je sais : c'est affreux. Mais enfin, vous étiez divorcée depuis quatre ans d'avec cet homme-là qui ne vous avait jamais bien traitée et dans ces conditions, ce sens de la famille qui vous honore devient malgré tout!

Nous étions arrivés au 270 et il me soutenait dans la cage de l'ascenseur, tandis que je sanglotais contre sa poitrine. L'ascenseur s'arrêta. Il m'aida à sortir.

– C'est la porte à droite, dit-il.

Derrière la porte, on entendait de la musique, des cris et des rires. Mais je n'avais pas envie de rire, moi.

– Soyez raisonnable, Agnès, dit Lionel. Essuyez vos yeux. Vous avez été saisie par la brutalité de la nouvelle, mais vous vous en remettrez très facilement, vous verrez. Nous allons demander à nos hôtes un petit cordial et vous vous sentirez tout à fait d'aplomb.

Plus il parlait, plus je sanglotais.

– Vous n'allez tout de même pas me dire que vous étiez restée amoureuse de ce garçon?

Je m'essuyai les yeux avec le mouchoir qu'il me tendait. Il avait l'air mécontent et évidemment, il était peut-être jaloux, pauvre Lionel! Je voulus le rassurer tout de suite :

– Non, Lionel, non : je n'en étais pas restée amoureuse!

– Bien sûr, c'est simplement l'émotion!

Il me sourit tendrement et sonna à la porte.

– Pas seulement l'émotion, dis-je en reniflant. Je pense surtout au pavillon!

– Pourquoi au pavillon?

– Parce que, dis-je (et je ne pus m'empêcher de recommencer à pleurer :) le pavillon appartenait à

Jacques! Il me l'avait laissé, après le divorce, malgré la séparation de biens! Mais maintenant qu'il est mort, le pavillon va revenir à ses héritiers!

Lionel se mit à me regarder fixement, tout raide, blanc comme un linge. Il y eut des pas et des rires derrière la porte qui s'ouvrit, tandis qu'un couple s'écriait en chœur :

– Les fiancés vous souhaitent la bienvenue!

J'eus à peine le temps de reconnaître mon Francis enlaçant cette Marie-José et de voir le rire se glacer sur ses lèvres et je me trouvai mal pour de bon.

15

Lionel Fribourg

L'évanouissement d'Agnès n'eut heureusement d'autres témoins que Marie-José, mon futur gendre, et leurs hôtes, Norbert Chevalier et sa femme Elsa.

Le corps d'Agnès fut transporté dans la cuisine tandis qu'en un contrepoint dont la vie, la littérature et le cinéma ont largement abusé, nous venait du salon le brouhaha joyeux de la musique et des ris.

On administra à Agnès du cognac à l'usage interne et de l'eau bien fraîche à l'usage externe qui lui firent reprendre le peu de sens qu'elle avait jamais eus. Pour ma part, je me contentai de lui appliquer deux ou trois gifles ce qui, paraît-il, est souverain dans les cas d'évanouissement, surtout dans les évanouissements de femmes qui vous ont toujours caché que leur pavillon ne leur appartenait pas. Je ne sais si mes gifles contribuèrent à ranimer Agnès; personnellement, elles me soulagèrent.

Mais en revenant à elle – ce qui, évidemment, n'était pas un retour agréable –, Agnès perdit sa voix dolente pour invectiver mon futur gendre sous le regard narquois de ma fille, tandis que nos hôtes s'éclipsaient avec tact.

Je m'aperçus avec stupeur qu'elle connaissait cet insignifiant blondinet et que, de plus – entraînée par la piété de son âme –, elle l'avait connu bibliquement.

– Laisse-la dire, Francis, dit Marie-José avec indulgence; n'importe qui déraillerait à sa place.

– Je ne déraille pas! Vous feriez mieux de vous taire, petite vipère! Mon pauvre Francis! T'être laissé allumer par une petite vipère! Tiens! Tu es bien comme mon pauvre ex-mari! Tous les mêmes, dans la famille!...

– Pourquoi dis-tu : « *Mon pauvre* ex-mari »? Ça marche très fort pour Jacques, en ce moment! J'ai entendu dire qu'il tournait son premier film!

Je n'étais pas fâché de rabattre le caquet de ce blondinet qui avait joué dans la vie d'Agnès un rôle assez trouble :

– Ça ne marche plus très fort pour lui depuis ce matin, dis-je. Il est mort.

– Jacques est mort? s'écria Francis.

Je lui tendis le journal. Il lut l'article tout haut, puis déglutit et son regard demeura fixe.

– Jacques est mort, répéta-t-il pensivement.

On eût dit d'une machine électronique dont les cliquets, les taquets et les rouages ronflaient sourdement sous une carrosserie aux couleurs lénifiantes.

– Jacques est mort... Mais alors, mais alors..

La machine s'arrêta et rendit sèchement le résultat de ses calculs :

– Mais alors, son pavillon me revient!

– Quoi? criai-je.

– J'étais le cousin de Jacques, son seul parent, son unique héritier! Il ne s'était pas remarié. Vu son âge et son caractère, je ne pense pas qu'il ait fait son testament! On fait rarement son testament à trente ans, non?

– Oh, chic! s'écria Marie-José en sautant de joie! On va pouvoir habiter à la campagne, mon Francis chéri! Ça va être merveilleux!

Agnès respirait avec difficulté – moi aussi, je dois le reconnaître :

– Mais, suffoqua-t-elle, et moi?

– Vous habiterez dans l'appartement de Monsieur votre époux, dit Francis en me dédiant un sourire mielleux.

– Je (éructa Agnès), je... ne serai jamais la belle-mère d'une petite vipère!

– En ce qui me concerne, dis-je (il était grand temps de recouvrer ma dignité et ma liberté), je ne serai jamais l'époux d'une femme qui me trompait honteusement en faisant état de ses scrupules religieux! Ah! ils étaient jolis, vos scrupules religieux, ma chère Agnès!

Elle se releva brusquement de la chaise de cuisine où elle était restée effondrée jusqu'alors :

– Non! siffla-t-elle. Vous m'insultez aussi, vous! On ne m'a jamais parlé sur un tel ton!

– Et moi, je n'ai jamais rencontré une telle sainte-nitouche!

– Un mot de plus et je m'en vais! dit Agnès.

– Si c'est un mot de moi, dis-je, considérez-le comme prononcé.

– Je suis, hoqueta-t-elle, je suis...

– Je parie que vous êtes toute retournée, dis-je; ce n'est pas la première fois. A force d'être ainsi retournée, vous finirez par vous retrouver à l'endroit. Alors, tout est pour le mieux.

Elle souffla avec bruit, me foudroya du regard, envoya à Francis une gifle retentissante (le seul geste un peu sensé que je lui avais vu faire depuis bien longtemps) et sortit de ma vie en claquant la porte.

– Mes chers enfants, dis-je, lorsqu'un silence convenable eut suivi ce départ en trombe, je serais en droit de vous en vouloir pour toutes ces cachotteries qui ont provoqué ma rupture avec une femme à qui je tenais beaucoup. Cependant, je suis principalement un homme d'études, et ces contingences sentimentales m'atteignent moins qu'elles ne pourraient vous atteindre vous-mêmes. Je n'aspire plus qu'au calme et au travail. Vous ne vous refuserez donc pas, j'espère, à ce que je m'installe à vos côtés dans ce pavillon que vous occuperez désormais. Rassurez-vous, je ne tiendrai pas beaucoup de place ! Je me contenterai de la chambre du fond.

– C'est la mieux exposée, dit Marie-José. Je compte en faire un living-room. Puis, plus tard mais le plus tôt possible, la chambre de nos enfants.

– Un living-room ! cela est inutile ! Quant aux enfants !...

– Tu voudrais encombrer toute la pièce avec tes dossiers gigantesques ! Et toutes tes caisses, où les mettrais-tu ?

– En haut ! Dans le cabinet de débarras !

– Je compte transformer le cabinet de débarras en chambre d'amis.

– Vous l'entendez ! dis-je à Francis qui nous écoutait, impassible, elle veut tout transformer ! Ça va vous coûter un argent fou !

– Je gagne ma vie. Et aménager son intérieur n'est-il pas la plus grande joie d'une épouse en attendant celle de la maternité ?

– Alors, vous me mettez dehors ? Vous mettez dehors un vieillard solitaire, abandonné de tous, qui...

– On ne te met pas dehors, papa : tu n'es pas encore entré ! Simplement, tu sais comme c'est : on s'entend très bien quand on ne se voit pas souvent...

– Les jeunes avec les jeunes, les vieux avec les vieux, si j'ose ainsi dire, cher monsieur, appuya Francis. Professionnellement, vous avez d'ailleurs tout intérêt à vivre dans votre appartement si proche du Louvre et de la salle des Antiquités égyptiennes.

– Et vous, jeune homme, vous auriez intérêt à être un peu plus poli ! Ma fille est mineure, ne l'oubliez pas! Je peux encore refuser mon consentement au mariage, moi!

– Tu ne ferais pas cela, papa! s'écria Marie-José.

– Je me gênerais! Avec une petite égoïste au cœur sec comme une trique, qui n'a aucun sens de la pitié filiale! Ah! oui, je me gênerais!

Marie-José d'un petit signe du doigt m'entraîna à l'écart.

– Tu ne feras pas cela, papa, chuchota-t-elle. Ou je m'enfuierai avec Francis!

– J'alerterai la police! Détournement de mineure, c'est un délit!

– Tu alerterais la police?

– Parfaitement.

– Tu le ferais mettre en prison?

– Parfaitement.

– Tout cela parce que nous voulons être seuls dans notre pavillon?

– Parfaitement.

Marie-José contempla ses ongles et reprit, toujours chuchotant :

– Tu sais, papa, nous ne pourrions pas nous entendre bien longtemps, si nous continuions à vivre ensemble.

– Mais si! Mais si!

– Non. Tu n'as pas assez d'ordre. Je serais toujours obligée de passer derrière toi pour essuyer la poussière et ramasser tout un tas de vieux machins que tu aurais laissés traîner. Un billet de chemin de fer, par exemple. Pour Saint-Gildas-de-Plougoat-Kérénec, via Saint-Brieuc. Ou deux ou trois balles de revolver...

Il y eut un silence. Ma fille et moi nous regardâmes fixement :

– Tu es folle, articulai-je.

– Peut-être, dit Marie-José. Je le souhaite. De toute façon, je ne pense pas qu'il soit bien nécessaire de mêler la police à nos affaires, n'est-ce pas, papa?

Je détournai mon regard le premier et m'éclaircis la voix :

– Toutes réflexions faites, mon futur gendre, dis-je à Francis, je crois que vous avez raison : les jeunes avec les jeunes, les vieux avec les vieux.

– A la bonne heure! s'écria-t-il. Marie-José, qu'est-ce que tu as bien pu raconter à ton père pour le convaincre si vite?

– Je lui ai parlé « bon sens ». Les hommes sont menés par les sens et les femmes par le bon sens. Quand les femmes parlent bon sens, les hommes commencent toujours par renâcler, mais ils sont bien forcés de s'incliner, finalement.

– Alors, si tu m'aimes, c'est par bon sens?

– Bien sûr, puisqu'on ne peut pas vivre sans amour!

Elle se blottit dans ses bras. Ils commencèrent à s'embrasser, à se mignoter sans plus s'occuper de ma présence. Et, écœuré, je quittai la cuisine.

J'eus quelques velléité de rentrer chez moi, mais je ne pus me résoudre, après la ruine de toutes mes espérances à regagner mon logis, ses odeurs et ses bruits.

Je me contentai donc d'errer, mélancolique et solitaire, parmi les groupes d'invités qui allaient et venaient du salon au buffet et passaient infatigablement de la conversation à la mastication.

Abandonné, désemparé, dépossédé, devant tant d'efforts ruinés et d'espérances trahies, je ressentis à mon tour le besoin d'absorber une boisson forte.

Je demandai donc à l'extra un whisky bien tassé, au moment précis où une dame en commandait un pour son compte.

– Il n'y a plus de whisky que pour une personne, déclara l'extra sans chercher à celer sa satisfaction.

Il était écrit que tout me serait refusé aujourd'hui :

– Servez donc madame, dis-je avec une galanterie dont je m'étais toujours fait un principe sacré à l'égard des personnes du sexe, mais dont elles m'avaient toujours si mal récompensé, ainsi qu'on a vu avec Agnès.

– Non! dit la dame, donnez ce whisky à monsieur, il semble en avoir plus besoin que moi.

Elle m'examina avec la familiarité qu'autorisent ce genre de cocktails-parties et l'absorption de plusieurs coupes de champagne :

– Vraiment, monsieur, seriez-vous malade?

– Non, madame, dis-je en buvant une revigorante gorgée de whisky; non, madame, non.

– Un deuil récent, peut-être?

– Non, madame. Ni malade, ni endeuillé.

– Vous n'aimez peut-être pas les fiançailles? Il y a bien des gens que les mariages font pleurer. Le fiancé est charmant, vous ne trouvez pas? Je suis une amie de la mère de la femme de son ami Norbert. Vous connaissez?

– Je n'ai pas ce plaisir.

– Vous appartenez peut-être à la famille de la fiancée?

– Je suis l'heureux père de la fiancée.

Cette réponse, qui sonna comme un glas, parut frapper la dame d'émotion :

– Et vous êtes sombre à l'idée qu'elle va vous quitter bientôt, pour un autre foyer?

Le whisky me poussant aux confidences, je murmurai :

– Elle va aller habiter un pavillon de banlieue...

Puis je fis mine de m'éloigner : cette femme m'ennuyait avec ses interrogatoires. Mais elle me retint par le revers de mon veston :

– Un pavillon de banlieue? C'est l'idée qu'elle va habiter un pavillon de banlieue qui vous chagrine tant? Mais c'est très agréable, un pavillon de banlieue! Ce n'est pas fatalement une petite baraque grise avec un toit de tuiles rouges! Il y en a de très jolis, vous savez! Je le sais : j'en habite un!

Je reposai mon verre sur la table.

– Vous habitez un pavillon en banlieue?

– Parfaitement! Et je vous assure qu'il évoque davantage le style bungalow que le style maison de garde-barrière! Vous pourrez vous en rendre compte par vous-même : je me permettrai de vous y inviter quand vous voudrez. Les amis de nos amis sont nos amis.

– Je ne voudrais pas, chère madame, vous importuner, vous et votre mari...

– Je vis seule, dans mon pavillon.

Pour le coup, je repris mon verre et avalai une gorgée supplémentaire. La femme qui me parlait était vêtue avec une sobre élégance. Elle paraissait âgée de quarante-cinq à cinquante ans. Sans être particulièrement belle, il émanait d'elle un charme subtil doublé d'une distinction toute particulière :

– Chère madame, dis-je, ma profession m'a rendu un peu sauvage, et c'est pourquoi...

– Vous êtes dans les affaires, peut-être?

– Pas précisément; je suis égyptologue.

– Egyptologue? Comme c'est intéressant! Moi qui me passionne tant pour l'antiquité!

– Je travaille actuellement à un important ouvrage sur Akhenaton, et...

– Akhenaton? Le successeur d'Aménophis III? Celui qui voulut fonder une religion nouvelle de caractère monothéiste et fut à l'origine du grand schisme amarnien?

Je vidai mon verre.

– Chère madame, dis-je d'une voix frémissante, c'est celui-là même!

– Je me souviens qu'il fonda la capitale de l'empire à El-Amarna où il établit comme divinité d'empire le soleil, d'où son nom : Akhenaton, ce qui signifie, si je ne m'abuse, « Horizon du Soleil »... Quel beau nom, n'est-ce pas? Horizon du Soleil!

– Un très, très beau nom, chère madame.

– Eh bien, cher monsieur, ne soyez donc plus triste et songez que c'est aux approches du jour que la nuit paraît le plus sombre. Vous viendrez me voir et nous parlerons d'Akhenaton...

*
**

Cette femme d'une rare culture a tenu parole. Voici plusieurs fois, déjà, que je lui rends visite, et je goûte de plus en plus les agréments de son esprit et de sa demeure. Elle possède sur Agnès une supériorité intellectuelle incontestable, particulièrement mise en lumière par le fait qu'elle est personnellement propriétaire de son pavillon, comme je m'en suis assuré avec le plus grand tact.

Nos relations en demeurent encore au plan amical et mondain qui convient entre personnes de notre âge, mais je ne pense pas m'avancer beaucoup en prévoyant une évolution vers un tendre épilogue.

En attendant, j'habite encore, malheureusement, mon appartement incommode, mais je viens ici le dimanche, où je travaille un peu dans le calme, la sérénité et le bon air, tandis que ma chère amie fait sa correspondance.

A mes moments perdus, c'est-à-dire lorsque je voulais me reposer un peu de mes travaux, j'ai rédigé au fil de la plume ce petit mémoire.

Il est bien évident que je le conserverai dans mes papiers intimes et qu'il ne sera publié qu'après ma mort pour l'édification de mes descendants en ligne directe : ma fille et mes petits-enfants. (Malgré mon optimisme présent, je ne pense pas pouvoir envisager une descendance possible d'un second mariage éventuel.)

Je regrette, bien entendu, ô mon Lecteur posthume et pointilleux, de m'être livré à quelques violences inutiles. Il ne faut jamais tuer à mauvais escient.

Mais ces violences, après tout, furent-elles réellement inutiles? « Rien (dit, je crois, une chanson) n'arrive jamais par hasard ». Si je n'avais pas tué le vétéran marteleur, ma destinée aurait-elle croisé celle de la femme distinguée dont le stylo court présentement sur le papier à lettres chiffré, afin, sans doute, de relater à une amie le détail de notre rencontre?...

16

Agnès Devillard

Tout de même, j'ai pris le coup de sang! Quand on est trop bon, les autres en abusent! Tout le monde s'était bien moqué de moi : Lionel, Francis et cette petite peste! Et je restais là, toute seule, et sur le point d'être jetée à la rue! On ne peut pas dire que ça m'avait porté bonheur de rencontrer Lionel : papa disparu, puis mon ex-mari, puis mon pavillon!

Plus on y réfléchissait, plus c'était bizarre! Lionel veut m'épouser, je lui annonce que papa va revenir, et papa meurt comme par enchantement! Et c'est Lionel lui-même qui m'avait demandé de ne pas parler de lui à la police! Et pourtant, la police (je m'en souvenais très bien) m'avait demandé si je ne connaissais personne que la venue de papa à Paris pourrait gêner. Et moi, comme une gourde, je n'avais rien dit. Bon. Après, pour une raison ou une autre, je confie à Lionel que je ne peux pas me remarier parce qu'aux yeux de l'Eglise je suis toujours mariée avec Jacques, et que fait Jacques, comme par enchantement, il se fait tuer!...

Enfin, tout ça, ce n'était pas des idées! Il y avait quelque chose de louche! Alors, moi, je n'ai fait ni une ni deux. Je suis allée à la police. Parfaitement. A la police. Et je leur ai tout raconté.

J'ai été un peu déçue : je croyais qu'on allait me recevoir toute seule dans un grand bureau, mais je me suis retrouvée dans une grande salle enfumée pleine de petites tables avec des hommes assis derrière et des machines à écrire dessus. J'ai raconté mon histoire à l'un de ces hommes, l'inspecteur Sommet, je crois.

Je lui ai dit tous mes soupçons et j'ai conclu :

– Je porte plainte contre X.

– Contre X ou contre Lionel Fribourg?

– X et Lionel, c'est bonnet blanc et blanc bonnet.

– Ouais, dit l'inspecteur Sommet.

Il fumait la pipe et il avait l'air tout endormi.

– Si je comprends bien, reprit-il, les enquêtes sont closes? Elles ont conclu au suicide d'une part, et à l'accident d'autre part?

– Oui, mais la première fois, je n'avais pas tout dit!

Il se renversa sur sa chaise et me considéra vaguement de son œil rond :

– La réouverture d'une enquête est une chose grave, madame Devillard. Un faux témoignage aussi, d'ailleurs. De plus, vous vous manifestez bien tardivement, et, je le crains, sous l'empire de la déception. Vous rendez-vous bien compte que vous êtes en train d'accuser votre ex-fiancé d'un double meurtre? Selon vous, ce savant égyptologue, apparemment sain de corps et d'esprit, aurait une première fois assommé sauvagement votre père à coups de marteau et, la seconde fois, tué votre mari par personne interposée avec un revolver de 9 m/m? Franchement, chère madame, tout cela est-il vraisemblable?

– Dans ces questions, dis-je, la réalité la plus concrète dépasse souvent la fiction la plus abstraite.

– Evidemment, Lionel Fribourg avait un mobile pour chacun de ces deux meurtres. Un charmant mobile, ajouta l'inspecteur Sommet d'une voix incertaine en me détaillant avec curiosité. Cependant, voyez-vous, chère madame, ce n'est pas là l'élément important susceptible de faire rouvrir une enquête.

– C'est un homme dangereux, dis-je.

– Tout ce que nous pouvons faire est de surveiller discrètement son comportement. S'il est coupable, il est possible qu'il se trahisse à la longue par quelque imprudence. L'apparition d'un fait nouveau nous permettrait alors de rouvrir l'enquête... D'ici là...

Et voilà! Voilà tout ce que je pus obtenir!

C'est ça la Justice! Un assassin en liberté et tout le monde le laisse courir! Elle est belle, notre époque! Je n'ai jamais vu un siècle pareil de ma vie!

Ah! si, j'oubliais! Pendant que je racontais mon histoire, la police m'a pourtant appris quelque chose que je ne soupçonnais même pas, qui m'a vraiment fait tomber des nues! Je ne voulais d'abord pas le croire! On dit : « Dépourvu d'aménité » et pas « d'indemnité »! On devrait lire plus souvent le dictionnaire. Moi, je n'écoute que la radio, alors forcément...

Extrait de la correspondance
entre Mme D... et son amie Mme L...

Ma chère Emilienne,

... Je dois te dire encore que j'ai fait la connaissance d'un homme charmant, très intelligent, égyptologue éminent. Il vient de marier sa fille, il se trouve assez seul en ce moment. Je l'invite parfois le dimanche dans mon pavillon. Je te vois déjà sourire, ma chère Emilienne, mais ne sois pas mauvaise langue, veux-tu? Tandis que je t'écris cette lettre, il est installé dans le petit salon et il travaille. Il compose un ouvrage sur la réforme religieuse d'Akhenaton, tu connais? Personnellement, je crois que tout a été dit sur la question, mais je ne veux pas le contrarier, il est si gentil. Un peu nerveux, mais si gentil. De toute façon, je ne pense pas que son ouvrage soit très avancé : il éprouve le plus grand mal à travailler dans son petit appartement de Paris. Oh! je sais ce que tu penses, mais rassure-toi : je ne me décide pas à envisager un remariage. D'ailleurs, je n'ai même pas encore dit à Lionel que j'étais divorcée et tu connais mes scrupules sur un certain plan. D'autre part, j'ignore ce qu'en penserait papa. Lui qui projetait justement de venir habiter avec moi... A son âge, on

s'habitue mal aux têtes nouvelles et avec son caractère un peu difficile! Tellement adorable, cher papa! Tu devines sa dernière passion? La sculpture! Il passe son temps à taper sur un bloc de pierre avec un ciseau et un maillet! Oh! j'allais oublier de te raconter : cousin Thierry va rentrer de sa croisière sur le Jean-Bart. *Oui, ma chère. Il est passé capitaine de frégate, l'équivalent de lieutenant-colonel! A son âge, c'est joli, non? Il doit avoir une allure, dans son uniforme!... Je t'en reparlerai quand il sera venu me voir. Il me l'a promis dans sa lettre. En attendant, ma chère Emilienne, je cesse mon bavardage. Je me dois tout de même à mon hôte. Je le chouchoute un peu en ce moment. Quand cousin Thierry sera là et si papa arrive, je ne pourrai plus l'inviter si souvent le dimanche. Il faudra bien qu'il se fasse une raison.*

Je t'embrasse.

⁂

Deux ans plus tard...

EXTRAIT DU FIGARO :

« Lionel Fribourg, auteur d'un ouvrage sur : *Akhenaton, roi révolutionnaire*, qui remporta l'an dernier un vif succès de librairie, a été exécuté ce matin à la prison de la Santé pour l'assassinat de *quatre* personnes. »

LE MASQUE

BACHELLERIE
1791 L'île aux muettes
(Prix du roman d'Aventures 1985)
1795 Pas de quoi noyer un chat
(Prix du Festival de Cognac 1985)
1796 Il court, il court, le cadavre
1800 La rue des Bons-Apôtres

BRETT Simon
1787 Le théâtre du crime
1813 Les coulisses de la mort
1858 Chambres avec vue sur la mort
1894 Qui portera le chapeau?
1929 Touche pas à mon système
1972 Les gens de Smithy's *(oct. 89)*

BURLEY W.J.
1762 On vous mène en bateau

CHRISTIE Agatha
(86 titres parus, voir catalogue général)

COLLINS Max Allan
1966 Un week-end tuant *(sept. 89)*

EXBRAYAT
(96 titres parus, voir catalogue général)

GRISOLIA Michel
1838 Les sœurs du Nord
(Prix du Roman d'Aventures 1986)
1846 L'homme aux yeux tristes
1847 La madone noire
1874 La promenade des anglaises
1890 650 calories pour mourir
1907 Nocturne en mineurs
1930 Question de bruit ou de mort

HALTER Paul
1878 La quatrième porte
(Prix du Festival de Cognac 1987)
1922 Le brouillard rouge
(Prix du roman d'Aventures 1988)
1931 La mort vous invite
1967 La mort derrière les rideaux
(sept. 89)

HAUSER Thomas
1853 Agathe et ses hommes

JONES Cleo
1879 Les saints ne sont pas des anges

LECAYE Alexis
1963 Un week-end à tuer

NATSUKI Shizuko
1959 La promesse de l'ombre
(Prix du roman d'Aventures 1989)

POURUNJOUR Caroline
1746 Des voisins très inquiétants
(Prix du Festival de Cognac 1984)

RENDELL Ruth
1589 Étrange créature
1601 Le petit été de la Saint Luke
1640 Un amour importun
1718 La fille qui venait de loin
1747 La fièvre dans le sang
1773 Qui ne tuerait le mandarin?
(voir également la série Reines du Crime)

SALVA Pierre
1828 Le diable au paradis perdu

SMITH J.C.
1715 La clinique du Dr Ward

TAYLOR Elizabeth A.
1810 Funiculaire pour la morgue

TERREL Alexandre
1733 Rendez-vous sur ma tombe
1749 Le témoin est à la noce
(Prix du Roman d'Aventures 1984)
1757 La morte à la fenêtre
1777 L'homme qui ne voulait pas tuer
1792 Le croque-mort de ma vie
1801 Le croque-mort s'en va-t-en bière
1822 Le croque-mort et les morts vivants
1867 Le croque-mort et sa veuve
1904 Enterrez le croque-mort!
1925 Le croque-mort a croqué la pomme

THOMSON June
1594 Le crime de Hollowfield
1605 Pas l'un de nous
1720 Claire... et ses ombres
(Prix du Roman d'Aventures 1983)
1721 Finch bat la campagne
1742 Péché mortel
1769 L'inconnue sans visage
1781 L'ombre du traitre
(voir également la série Reines du Crime)

TRIPP Miles
1790 Tromper n'est pas jouer

UNDERWOOD Michaël
1817 Trop mort pour être honnête
1842 A ne pas tuer avec des pincettes

VARGAS Fred
1827 Les jeux de l'amour et de la mort
(Prix du Festival de Cognac 1986)

WYLLIE John
1752 Pour tout l'or du Mali

IMPRIMÉ EN FRANCE PAR BRODARD ET TAUPIN
Usine de La Flèche (Sarthe).
ISBN : 2 - 7024 - 1971 - 2
ISSN : 0768 - 1089

H 52/0252/8